刀

見倒屋鬼助 事件控 1

喜安幸夫

時代小説

二見時代小説文庫

目次

朱鞘《あかさや》の大刀——見倒屋《みたおしや》鬼助《きすけ》 事件控 1

一　伝馬町の棲家

一

「なに、何、なに！」

喜助《きすけ》が声を上げたのは、曇り空だがまだ夕刻ではない時分だった。

奉公する隠宅《いんたく》の前を掃《は》こうと、竹箒《たけぼうき》を手に外へ出たところだ。

角《かど》から飛び出てきた、自分とおなじ衣装の男が、

「おっとっとっと」

たたらを踏み、

「おっ、喜助どん。いたいた、よかった。早う、早う！」

手を振りまわし、叫びながら駈け寄って来た。

猿股《さるまた》に紺看板《こんかんばん》の法被《はっぴ》を太い梵天帯《ぼんてんおび》で決めた、喜助とおなじ三十路《みそじ》を五、六年過ぎた武家の中間《ちゅうげん》姿《すがた》だ。

「おっ、おめえさんは」

「おめえさんはじゃねえっ。早う、お屋敷へ！」

その中間姿は、竹箒を持ったおなじ中間姿の喜助の前でまたたたらを踏んだ。駈けて来たのは、上屋敷内の役宅に奉公していたときの朋輩《ほうばい》である。

五年前、あるじが隠居して藩邸である上屋敷内の役宅から、ここ両国広小路《りょうごくひろこうじ》に面した米沢町《よねざわちょう》の脇道をすこし入った所に隠宅を結んだとき、

「――どうだ喜助、来ぬか」

と、老いたあるじに請《こ》われ、町場《まちば》では珍しい武家奉公の中間となったのだった。

朋輩のようすが尋常ではない。道行く者がふり返っている。

「なんでえ。お屋敷になにかあったのかい」

「なにを呑気なこと言ってやがる。旦那がすぐ来いと。俺たちゃみんな、あした屋敷からおっ放《ぽ》り出され、扶持《ふち》なしになるんだぜ。おめえもだ」

「なんだって！」

思わず喜助は竹箒を落とし、背後の隠宅の質素な玄関口にふり返った。

この日、元禄《げんろく》十四年（一七〇一）弥生《やよい》（三月）十四日であった。

日の入りにはまだ間がある。

「どっちがお呼びだ。弥兵衛《やへえ》さまか、役宅の安兵衛《やすべえ》さまか」

「おめえのあるじといやあご隠居の弥兵衛さまだろが。来い。急ぐんだ」

「おうっ」

呼びに来た中間は、藩邸内の堀部《ほりべ》家役宅奉公で助造《すけぞう》といった。喜助は竹箒もそのまま
まに、走り出した助造へ追うようにつづいた。

町場の隠宅はさほど広くもなく、屋内にもおもてのやりとりが聞こえたか、弥兵衛
の老妻の和佳《わか》が、

（あの声は確か、助造？）

と、玄関口に出てきたとき、もう助造も喜助も角を曲がり見えなくなっていた。

「あらあら」

と、地に落ちたままになった竹箒が目に入った。喜助にこのような不始末は、かつ
てなかったことだ。和佳は拾い上げ、

「えっ」

感じるものがあったのか、身は一瞬硬直し、皺《しわ》を刻《きざ》んだ顔面がみるみる蒼《あお》ざめた。

築地鉄砲洲《つきじてっぽうず》の浅野《あさの》家上屋敷に急ぐ喜助も同様だった。

四日前、勅使饗応《ちょくしきょうおう》のため浅野内匠頭《たくみのかみ》が上屋敷から江戸城内の伝奏《でんそう》屋敷に移った日、

「――殿のご無事なお帰りまで、わしが上屋敷に詰める」

と、堀部弥兵衛は喜助を供に、鉄砲洲の上屋敷に出向いた。江戸開府のころ海岸の埋立て地に幕府の御鉄砲場《おてっぽうば》が置かれた名残《なご》りの地名だが、武勇の浅野家にはふさわしい拝領屋敷の地といえようか。

上屋敷に入ると、

「――おまえは米沢町に帰り、饗応最終の日にまた迎えに来い」

喜助は言われて隠宅に戻り、きょう玄関前の掃除をしてから挟箱《はさみばこ》を担ぎ、迎えに行く算段だったのだ。

弥兵衛は隠居の身とはいえ、元江戸留守居役《るすいやく》で浅野家の奥の事情を熟知しており、こたびの勅使饗応役が心配でならなかった。

上屋敷では養子の安兵衛が内匠頭に扈従《こしょう》して伝奏屋敷に移っており、弥兵衛はその役宅に入って身のまわりは娘の幸《さち》と、役宅中間の助造が看《み》ていた。

鉄砲洲に急ぎながら、

「なにがなんだか分からん。ただお家がなくなるって、いま屋敷は蜂の巣だぜ。それ

で弥兵衛さまがおめえを」

「すぐ呼んで来いか」

と、中間にまでは浅野家の行く末が噂《うわさ》としてながれても、詳しい経緯《いきさつ》は伝わっていない。だが、喜助にはおよその見当はついた。今年睦月《むつき》（一月）に浅野家が勅使饗応役を柳営《りゅうえい》（幕府）より下命されたときから、

「──困った、困った。心配じゃ、心配じゃ」

と、隠宅で弥兵衛が老妻の和佳に言っているのを幾度も聞いている。藩邸の役宅ではなく、町場の隠宅だから忌憚《きたん》のないところが口に出るのだろう。

鉄砲洲の地を踏み、

「ん？　これは」

瞬時、助造も喜助も急ぐ足を止めた。小雨の降りそうな空模様で、両国の米沢町を出たときより、薄暗さが増している。武家地でいつもは閑静なはずの一帯が、なにやら慌ただしい。それも白壁の往還を走っているのは二本差しの武士ではなく、町人たちだ。小僧に大八車を牽《ひ》かせた商家の番頭風の者もいる。一様《いちよう》に一歩でも早くと先を争っているようだ。それらが浅野家上屋敷のほうに向かっている。

「おい」

「うむ」

助造と喜助はうなずきを交わし、また走った。

表門は閉じられている。静かだ。だが、なにやら屋敷の中が騒々しい。

「裏門だ」

「おう」

喜助が先に立ち、お店者《たなもの》風や職人風の町人たちに混じり走った。

「これはっ」

「なんなんだ！　さっき出るとき、こんなんじゃなかったぞ」

裏門といっても大名屋敷だ。左右の白壁には物見窓《ものみまど》があり、厚い両開きの門扉《もんぴ》には八双金物《はっそうかなもの》が打たれている。そこが開かれているというより、壊れてはいないが破られているといったようすなのだ。

中間ではない武士階級の足軽たちが六尺棒を手に、

「入るな！　入るな！」

「なにをおっしゃいます！」

町人と押し問答をしているその横からは、他の町人たちが入り込むというよりなだれ込み、

「どいた、どいた」

と、むりやり大八車を押し込もうとする一群もおれば、

「じゃまだ。どけ、どけ！」

喚《わめ》きながら出てくる大八車もある。家具や米俵まで積んでいる。それらの動きにまったく統制がなく、互いに競い合っている。

「な、なんなんだ。これは！」

喜助はしばし呆然《ぼうぜん》とした。

だが、不思議な光景ではない。門番は足軽で刀を帯びているが、抜くことはできない。ここで町人相手に血を流せば、柳営からどんなお咎《とが》めがあるか知れたものではない。それを町人たちは知っており、大名家や旗本家の改易《かいえき》があれば、どの屋敷にも見られる光景なのだ。このときほど憐れな二本差しの姿はない。

「入ろう」

「おう」

喜助と助造はそこへ割って入り、

「おまえたちっ、役宅の中間じゃないかっ」

「相済みませぬ。隠居所での奉公なものでして」

「俺は遣《つか》いに出てたんだ。しようがねえだろうが」

無意識のうちか、助造はすでに身分の差を捨てた言いようになっている。

二人が割り込むと、これさいわいとあとにつづく町人もいる。

「きゃーっ」

母屋のほうからも家臣団の住まうお長屋からも、庭つきの役宅のほうからも女の悲鳴が聞こえてくる。

「まずいっ。行こう！」

喜助はふり返ったが、人の入り乱れるなかに助造の姿を見失った。一人で走った。作法などかまっておられない。雪駄《せった》のまま本屋敷の縁側に跳び上がった。気丈な腰元がお店者と着物を引っぱり合っている。

「無礼な。狼藉《ろうぜき》は許しませぬぞ！」

「狼藉ではありませぬっ。まだお代をいただいておりませぬっ」

売掛《うりかけ》である。

喜助はハッとして周囲を見まわした。見知った顔がある。呉服屋ばかりではない。家具屋に小間物屋、炭屋に酒屋に八百屋に魚屋まで、日ごろお屋敷出入りの商人たちで、米沢町の隠宅に出入りしている者もいる。ほんの数刻前までは、屋敷の裏門の、しかも潜《くぐ》り戸から腰を折って入り、裏手の台所や縁側で地に片膝をついて品を出したりならべたりしていた面々なのだ。それがこうも変わるものか。売掛金の回収に来たが埒《らち》が明かず、しかも連携したわけでもあるまいに数がそろえば、

「――それっ」

と、裏門を破ったのだ。

古着屋や古道具屋までいる。足元を見て買い叩きに来たのだろうが、群集心理か便《びん》乗《じょう》か、土足のまま上がり込んでいる。

足軽や中間や腰元たちが出て押しとどめようとしているが、商人たちにすれば金が命だ。必死になり、勢いが違う。そこに現出されるのは、なかば略奪である。台所のほうからは、悲鳴や皿の割れる音が聞こえてきた。なにやら得体の知れない者まで紛れ込んでいるようだ。

喜助は腰元と揉み合っているお店者に体当たりして転倒させ、

「奥へ逃げなせえ」

「この小袖《こそで》、お中臈《ちゅうろう》さまのものなんです。それをこの者がっ」

叫ぶなり奥へ駈け込んだ。

「いけねえっ」

喜助は庭へ跳び降りた。堀部家の役宅だ。人をかき分け走った。なんと垣根が壊れている。

「助造どん！　戻ってるかあっ」

開いたままの玄関に飛び込んだ。

「あっ。幸さま！」

弥兵衛と和佳の娘で、養子の安兵衛の内儀《ないぎ》だ。たすき掛けで木刀を手に、茫然と立っている。

持ち去られたようすではないが、家財が乱れている。防いだのだろう。

「おぉ、喜助！」

「幸さま。おケガは！」

喜助は幸の前に片膝をついた。

「それよりも、それよりも旦那さまの朱鞘《あかさや》の大刀がっ」

「えぇえ！」

喜助は仰天した。堀部安兵衛がまだ中山《なかやま》安兵衛だったとき、高田馬場《たかだのばば》の決闘で振るった刀だ。浪人時代の造りで、無銘のうえ刃こぼれもある。刀としての価値は低い。だが、刃こぼれは高田馬場でのもので、安兵衛と堀部家を結ぶきっかけとなった刀だ。

安兵衛と幸はそれを大事にし、役宅の床の間に飾っていた。それが盗まれた。

「あぁあ」

幸は喜助が駈けつけたのを見て安堵したか、その場に座り込んだ。

「幸さま、私が取り返してまいりまするっ」

喜助が立ち上がると幸も立ち上がり、

「無駄です。時間もたっており、外もほら」

ふり返ると、かなり暗くなっている。

「幸さま。弥兵衛さまと安兵衛さまはっ」

訊《き》いた。弥兵衛は屋敷の処置の総差配を執《と》り、

「きょうより三日で明け渡さねばならないのです」

と、幸の目には涙が滲んでいた。このとき喜助は、内匠頭がいずれかの大名家に預けられすでに切腹したことや、それに合わせ奥方の阿久里《あぐり》が落飾《らくしょく》したことなどを幸からはじめて聞かされ愕然《がくぜん》とした。

そのあとの処理の総差配なら、自分の役宅どころではないだろう。安兵衛は母屋の中奥や奥座敷の警備についているという。助造の言っていた〝あしたから扶持なしに〟とはこのことだったのだ。

喜助は茫然とした態《てい》で、暗くなった屋敷の庭に出た。

騒ぎは収まり、灯りを持った中間や足軽、腰元らが出てあとかたづけをし、裏門を武士団が出て警備をしている。すでに夜だ。このときまだ騒ぎがつづいていたなら、侵入者らは盗賊となるだろう。あわやというところに武士団が出て、外からの群衆を押し戻したのだ。それの差配を執っていたのが、伝奏屋敷から戻っていた安兵衛だった。姿が見えた。声はかけられない。忙しそうに立ち動いている。

喜助は気づいた。暴民まがいの町人たちが騒ぎを起こし、なかば略奪までしていたのは、広い屋敷内で裏門付近の狭い一画《いっかく》だけだった。武士団の作戦だったのかもしれない。一歩でも入れまいと裏門で押し返せば、それこそ裏門を町人たちに打ち破られ、逆に騒ぎを大きくして終末の浅野家は恥を天下にさらしたかもしれない。

(それにしても、あの出入りの者たちの豹変ぶり……あれも商《あきな》いか)

喜助は大きな溜め息をついた。

安兵衛に差配された一群の武士団が、灯りとともにおもてのほうへ駈けて行った。

家臣の声が聞こえた。

「奥方さまのお駕籠《かご》が、屋敷をお出になるそうな」

安兵衛らは見送りのため、表門のほうへ急いだのだろう。

二

その夜、喜助もあとかたづけを手伝い、馬廻《うままわり》使番《つかいばん》二百石の堀部家の役宅に泊まった。遅くなってから弥兵衛も母屋の中奥から戻ってきて、

「こうなってしもうた」

一言《ひとこと》だけ言って寝てしまった。中間の助造は、喜助が薄暗くなりかけたなかに見失ってから、その後もまったく姿を見せなかった。役宅どころか、上屋敷そのものから出たようだ。

安兵衛もいずれへ出かけたか、その夜は帰ってこなかった。

「近習の片岡源五右衛門《かたおかげんごえもん》さまらと、愛宕下《あたごした》の田村《たむら》邸に……」

幸は声を詰まらせた。

内匠頭の遺骸を、払い下げてもらいに行ったという。

帰って来たのは朝方だった。この日、きのうまで数日つづいた、どんよりとした曇り空と打って変わり、朝から太陽が昇った。

屋敷の母屋も役宅も、昨夜の痕跡は残していない。

幸が茶を淹《い》れ、互いに疲れ切った表情で、

「いかがであった」

問う弥兵衛に安兵衛は応《こた》えた。主君内匠頭の埋葬の話だ。中間の喜助は庭に片膝をついて控えた。

「人の世とはかようなものでござりまするか。浅野家菩提寺《ぼだいじ》の芝《しば》の青松寺《せいしょうじ》は山門を閉じたまま、弔《とむら》いはできぬと、門前払いでございました」

「なんと！」

弥兵衛は腰を浮かしかけ、膝が湯飲みを載せた盆にあたりそうになった。〝罪人〟を弔い柳営からの咎《とが》めを受けては、と後難を恐れたのだろう。

「それで夜の街道を南に向かい、高輪《たかなわ》の泉岳寺《せんがくじ》へ」

「ふむ。それはいいところに気がついた。で？」

弥兵衛がひと膝まえにすり出たのへ、幸がそっと膝の前の盆を手前に引き寄せた。

泉岳寺はかつて江戸城拡張のおり、縄張《なわばり》で外濠《そとぼり》となる内側に位置していたことから他所への移動を命じられ、いまの高輪に移った。そのとき多額の布施《ふせ》などで支援したのが浅野家であり、その縁があった。

「山門を開いていただけました」

「おぉ、おぉう」

感極まったように弥兵衛は膝立ちになり、

「わしもこれから礼に行く。幸、支度をせい。線香もじゃ」

庭に目をやり、

「助造はどうした。なに、いなくなった？　喜助、町駕籠でよい。呼べ」

「はっ」

喜助は立って裏門を走り出た。

泉岳寺は築地から東海道《とうかいどう》に出て一路南へ、京橋《きょうばし》、新橋《しんばし》を渡り、増上寺《ぞうじょうじ》前の浜松町《はままつちょう》を過ぎ、田町《たまち》を経て高輪に入り、江戸湾袖ケ浦《そでがうら》の海浜に沿った往還をさらに進んだところにある。

喜助も挟箱を担ぎ随《したが》った。ほかに徒歩《かち》で藩士が数人、それぞれに中間がついた。助造のようにさっさと奉公を捨てた者は少数のようだ。

いずれも足早に無口だった。街道には大八車に荷馬、往来の者がいつもと変わりなく行き来しているのが、なにやらみょうに思えてくる。

しかし内匠頭といわれても、喜助にとってあるじはあくまで堀部弥兵衛であり、お屋敷の殿さまなど、権門駕籠を遠目に見たことがあるだけで、生身《なまみ》の姿など影さえ拝したこともない。

挟箱を担いだままの急ぎ足はけっこう疲れる。弥兵衛も駕籠に乗っているとはいえかなり揺れ、年行《としゅ》き七十六歳の老体では疲れるだろう。

あるじの身を案じながら、

（それにしても昨夜は……古着屋や古道具屋まで、なんなんだ、あいつら）

歩を踏むごとに思われてきた。

一行は泉岳寺に入り、中間は山門のところで待たされた。

「これから、どうなるんだろう」

「知るかい、そんなこと」

歩行中は話などできないが、待つあいだはいずれも言葉少なだが、僚輩《りょうはい》同士でぽつりぽつりと言葉を交わす。

「おめえ、どうするんだい」

喜助も僚輩の一人から問われた。

「そんなこと、訊かれたって……」

分かるはずがない。上屋敷ではなく隠宅奉公とはいえ、弥兵衛に藩邸から出ていた隠居料五十石はなくなるのだ。

帰りはさらに、それぞれが重い足取りだった。

鉄砲洲の上屋敷に戻ったのは、春の太陽が中天を過ぎたばかりの時分だった。

裏門は開かれており、足軽の一群が出て固めている。そのあいだを商人たちが売掛や納めた品の回収か、

「はい。ご免なさんして」

と、出入りしている。きのうの騒ぎとは異なり所作は遠慮気味だが、どの顔つきも昨夜と変わらず厳しく引きつっている。

(あの人らも生活が、命がかかっているのか)

それらの表情にあらためて思えてくる。

役宅に戻ると、

「あ、喜助。早う、早う」

幸が急《せ》かすように言った。隠宅とおなじ町内の乾物屋のおやじが知らせに来たというのだ。お婆《ばば》さまの和佳からの言付《ことづ》けらしい。きょう朝早くから隠宅に古着屋や古道具屋が、

「――これからお困りでやしょう。さあ、なんでも買い取りますぜ」

と、幾人も来て、なかには強引に玄関から中へ押し入ろうとする者までいて、その

たびに町内の者が駈けつけているらしい。喜助に早く帰って来てくれと、

「母上がお困りじゃ」

「へ、へい。ですが、こちらは」

安兵衛は一睡もしないまま藩邸の残務に入っており、弥兵衛も裏門に入るとその足で母屋の中奥のほうへ向かった。助造はきのうから戻って来ず、幸が朱鞘の大刀の話を安兵衛にする暇《いとま》もないまま、一人で役宅を守っている。

「屋敷内には人がいっぱいいます。おまえは早う米沢町へ。父上と主人にはわたくしから言っておきます」

「へ、へい」

喜助はその場できびすを返し、上屋敷の裏門を、

「さきほどの堀部家の者でございます」

と、出るなり走った。

思えてくる。

(あいつら、米沢町にまで来たかい。許せねえ！)

中間姿のまま急いだ。

紺看板を梵天帯で締めた腰には、中間用の脇差寸法の木刀を差している。

三

足は米沢町に入った。

「おぉう、喜助さん。帰りなすったかい！」

遣《つか》いに鉄砲洲へ走った乾物屋のおやじが店から飛び出てきた。

となりの紙屋のおかみさんも往還に走り出てきて、

「あっ、喜助さん。さっきも一人、いま玄関に！　早う」

声がかかるのは、武家でも町場に住む日ごろの弥兵衛の仁徳であり、和佳の町内への気配りの賜物《たまもの》であろう。もちろん町内には乾物屋や紙屋のほかに八百屋も酒屋もあり、いずれにも買掛がある。だが、押し寄せたりはしない。やはり来ているのは余所者で、

（きのうのやつらの同類か）

思いを強め、

「お婆さま！　遅れやしてえっ」

玄関に飛び込んだ。格子戸が開いたままになっている。

「あぁ、喜助。ちょうどよかった。また、このような者が」

玄関の板敷きに和佳が老いた身で気丈に立ち、着ながしに裾《すそ》をめくった男が、なんと和佳を威嚇するように片足を上《あが》り框《かまち》にかけている。得体の知れない町人が武家の玄関口でこのようなふるまいなど、通常なら考えられないことだ。

きのうのなかば略奪のような狼藉と相俟《あいま》って、喜助の胸には怒りの念がむらむらと湧いてきた。しかも男の面《つら》は、

「おっ。おめえはきのうの」

「おぉ？　あんた、確かお屋敷にいなすった中間さん」

顔を合わせていた。喜助が、

(得体の知れないやつら)

目串《めぐし》を刺《さ》したうちの一人だ。

「やっぱり、さようですかい。だったら話は早うござんすぜ、お中間さん」

「どういうことでえ」

玄関口の三和土《たたき》でのやりとりになった。男は上り框から足を下ろし、板敷きの間では和佳が立ったまま男を睨みつけている。

「へへん。ここがきのうお取り潰しになった赤穂《あこう》藩の、元ご重役の隠宅ってえことを

聞いて来やしたんでやすがね。おめえさんがここにいたってえことは、その話に間違えはねえってことだ。そうでやすね、お婆さま」

男は和佳のほうへ顔を向けた。和佳は渋面《じゅうめん》をつくり、わずかにうなずいた。

「つまりでさあ、さっきも言いやしたとおり、これから大変でやしょう。このお家のおためを思い、言っているんでさあ。お払い物があれば、あっしが買い取って差し上げやしょう、と」

「やっぱりおめえ、タチの悪い古道具屋か古着屋だな」

「そのどちらもで。タチの悪いってのは余計でやすがね」

ふたたび喜助と男とのやりとりになった。

「なに言ってやがる。きのう見たぜ。おめえら、お屋敷のものを手当たりしだい持ち出しやがったろう」

「人聞きの悪いこと言ってもらっちゃ困りやすぜ。人助けと思い、これから不要になる物を買い取りに行ったのでさあ。するとあの混雑だ。目串《めぐし》を刺した品はいくらかありやしたが、銭を払う交渉も誰にしていいか分からねえ。まごまごしているうちに、外へ押し出されちまったってえ寸法さ。それを物盗りみてえに言われたんじゃ、あっしの立つ瀬がありやせんや」

「うるせえ！」

心底《しんそこ》、喜助は男の理屈に腹が立った。屁理屈だからではない。身勝手な言い分と分かっていても、理屈では言い返せなかったからだ。

「きょうは、帰りやがれっ」

喜助は腰を落とすなり梵天帯から木刀を抜き、切っ先を男の喉元《のどもと》にぴたりとつけた。その素早い動作に男も合わせるように、一歩跳び下がった。さらにその動きに喜助の木刀も前に突き出された。

「おっと、中間さん。さすがだぜ」

男は喉元に木刀の切っ先を受けたまま両手を前に立て、参ったの所作で言った。喧嘩慣れしているのか、一瞬の動作で対手《あいて》の力量が分かるようだ。

中間でも喜助は堀部家の奉公人だ。

「——喜助、堀部家に仕える以上、中間といえど心得がなきゃいかんぞ。さあ」

と、隠宅から三日に一度は役宅に呼ばれ、安兵衛から上屋敷の道場で稽古をつけられていた。その気合いの声は、屋敷内でも有名だった。それをいつも逃げていたのが助造だった。

「さあ。帰《けえ》らねえと、こいつで首の骨を叩き折るぞ」

「分かった、分かったよ。だが中間さん、さっき〝きょうは〟と言いなすったねえ」

（あっ）

男の落ち着いた言葉に、喜助は心中に声を上げた。確かに言った。いまの境遇を思い、無意識に出た言葉だった。

「帰れよ」

こんどは意識して〝きょうは〟をはぶき、喉元にあてた木刀をさらに前へ突き出した。

「おっと」

男はそれに合わせてまた一歩下がり、

「へへ。きょうは帰《けえ》らしてもらいやすぜ」

「そうしろい」

喜助は男を追い出すように往還までついて出た。

「へっへっへ。塒《ねぐら》が近くなもんでね。ほかにも似たのが来るだろうが、タチの悪いのが多いから気をつけなせえ。おっと、あっしの名は市左《いちざ》。覚えていてくんねえ。おめえさんとは相性がいいようだ、へっへっへ」

市左と名乗った男は愛想笑いをしながら、さらに〝近く〟といった自分の住まう場所まで告げ、角を曲がった。

喜助は無言で見送った。

「喜助さん！　喜助さん！」

乾物屋のおやじと紙屋のおかみさんが走り寄ってきた。

「よかったよう、間に合って。けさからあんなのが入れ代わり立ち代わり来て、お婆さまお一人で、ほんとうに困っていなさったから」

内匠頭刃傷《にんじょう》と赤穂藩改易の噂は、もうこの町一帯にも広まっているようだ。

「まともな古道具屋や古着屋の買い取りならいいんだけど、あいつら他人の足元を見る見倒屋《みたおしや》に豹変《ひょうへん》するからなあ」

「豹変どころか、見倒屋そのもののやつらもいるって聞くよ」

「見倒屋？」

喜助は問い返した。初めて聞く商いの名だ。

「知らないのかい」

乾物屋のおやじと紙屋のおかみさんが、往還の立ち話で交互に話しだした。

不始末で店仕舞《じま》いの商家や夜逃げの家へいち早く駈けつけ、相手の弱みにつけ込んで家財を極度に安く買い叩く商売らしい。古着はもちろん刀や鍋、釜、皿、茶碗まで買い取るという。古着屋や古道具屋、紙屑買いなどが、ときには見倒屋に豹変するのもうなずける。だがそれをもっぱらとするには、相当早耳ですばしこく、かつ押し出しも効かなければならないだろう。

話を聞きながら、

(さっきの男、市左とかいったなあ。キザな名をつけやがって)

脳裡をかすめた。そういえば、自分より五、六年は若い三十路《みそじ》あたりか。目つきが鋭くすばしっこそうな男だった。そういう喜助も名に似合わず、堀部安兵衛に鍛えられたせいもあろうか、細身の筋肉質で、

「——おまえを中間のままにしておくのはもったいないなあ」

と、安兵衛がいつも言っていただけのことはある、身のこなしと風貌である。

「気をつけなせえよ、みょうな手合いには」

「そう。足元を見ようとするやつなんか、追っ払っちまいなさいよ。喜助さんならできるさね」

おやじもおかみさんも、みょうに励ますように言う。町場の者は、禄《ろく》を失い落魄《らくはく》した浪人の生活を知っている。そこに奉公していた者も、口糊《くちこし》の道を失うのだ。

「まあ、なんとかなりまさあ」

みょうに励まされたら、かえって気落ちする。小さな声で言い、玄関に戻った。

和佳が板敷きの間で端座して待っていた。

「一時はどうなるかと思いました。きょうは、朝からあのような手合いが幾人も」

ホッとするよりも悔しそうに言い、

「で、お屋敷のようすは」

「へえ、そのことでございます。旦那さまはたぶんきょうもお戻りには……」

話し、座を裏庭の縁側に移した。これが上屋敷なら、中間の喜助は庭に片膝をつくところだが、ここは隠宅である。縁側に腰をかけ、端座する和佳のほうへ身をよじっている。

話を聞き、中間でも相手は気心の知れた喜助の前か、和佳は手で顔を覆った。

鉄砲洲の上屋敷から離れていては、内匠頭の刃傷と赤穂藩改易までは知っていても、内匠頭がすでに切腹し、その遺骸を安兵衛らが泉岳寺に運び、奥方の阿久里が落飾して浅野家上屋敷を出たことまでは知らなかった。

朱鞘の話もした。

「えぇえ！」

和佳は絶句した。

話しているあいだにも、

「えー、いらなくなった物は、高く買い取らせていただきやすが」

と、玄関に声を入れる者がいた。なかには大八車を牽いてくる者もいた。

「おめえの素っ首を叩き落とし、その大八の荷にしてやろうかい」

玄関口に出て、喜助は凄《すご》んだ。

その気魄《きはく》に恐れをなしたか、

「ま、また来まさあ」

それらは這《ほ》う這《ほ》うの態《てい》で逃げ帰った。

その夜、喜助は隠宅の自分の部屋に寝て、翌朝には日の出とともに鉄砲洲に走り、午前《ひるまえ》には米沢町に帰って脇差を片手に隠宅の用心棒となり、翌日もまたそうした弥生十七日、午《ひる》を過ぎたころ、喜助は上屋敷内の堀部家役宅の縁側に座していた。部屋には弥兵衛も安兵衛も幸もいる。

「へいっ、掃除はすべて終わりましてございます。手水鉢《ちょうずばち》の水も取り替えておきやしたです。へい」

「ご苦労であった。礼を言うぞ、喜助」

「ほんに、ようやってくれました」

安兵衛が言ったのへ、幸がつづけた。

「なあに、喜助にはもうひと働きしてもらわねばならんでのう」

弥兵衛の皺枯《しわが》れた声に、一同は腰を上げた。喜助には弥兵衛の七十六年の年行きを重ねたその姿が、この数日でさらに十年も歳勾配《としこうばい》を登ったように見えた。

この日、浅野家上屋敷引き渡しの最終の日だった。

四

喜助が大八車を牽《ひ》いている。堀部家はもともと質素な家柄だったから、処分する物も少なかった。

まだ大八車を出す前、役宅の周辺も混雑しているときだった。喜助は、次から次へと来る古着屋や古道具屋がしきりに見倒そうとするのへ粘りに粘り、このやりとりに両どなりの役宅からも応援を求められるなど、

「――喜助にかような才があったとは」

と、幸が驚くほどだった。そこには喜助に、隠宅での市左とのやりとりが智慧となって働いていたようだ。

（――おめえらのやり方は、分かっているぜ）

といった心構えだ。

藩庁の残務処理を終え、ようやく中奥から役宅に戻って来た弥兵衛と安兵衛に、がらんとした役宅で〝実は〟と朱鞘の大刀の話をしたのも喜助だった。

「――あの混雑のなかだ。さようなことがあってもやむを得まい」

と、安兵衛は言ったが、

「――垣根まで不埒者《ふらちもの》二人を追いかけたのですが、そのとき外に助造の姿をちらと見かけました。大声でその者を捕まえよと叫んだのですが、人混みのなかに見失《みうしの》うてしまいました」

幸が言ったのへ、

「――はて」

と、喜助はむろん、弥兵衛も安兵衛も首をかしげた。

その話がふたたび出たのは、大八車を牽いて隠宅に帰り、幸と和佳が暗くならないうちにと急いで夕餉《ゆうげ》の支度をし、喜助がそれを部屋に運び、きょうは特別だとそのまま座の端で相伴《しょうばん》に与《あず》かったときだった。

「さあ、きょうからここは隠宅ではのうて、浪人の住まい、浪宅《ろうたく》になったのう」

と、弥兵衛が一同をなごませ、話がここ数日の騒ぎに及んだ。そのなかに、

「申しわけありませぬ」

幸はまた詫びた。

「なあに、朱鞘はわが心の中にある」

安兵衛が言ったのは、夫への申しわけなさと事態への悔しさに消沈する幸を慰めるためだった。

「私がなんとか找《さが》しますよ。朱鞘は目立ちますから、找せば出てきますよ」

「ふむ」

喜助が言ったのへ弥兵衛はうなずき、和佳と幸も期待の視線を向けた。実際喜助には、この数日で古道具屋を幾人も見たものだから、江戸中のそれら同業にあたれば出てきそうな気がしていた。

それよりも、あしたからの身のふり方である。広くもない隠宅ならず浪宅は、弥兵衛と和佳、安兵衛と幸の親子二世帯となり、さらに当面行き場のない元藩士が幾人かころがり込んでくるかもしれない。

喜助の寝る場所がなくなるばかりか、弥兵衛も安兵衛も禄《ろく》を失ったのだ。まさしく狭い浪宅である。

「居場所が決まれば、必ず知らせるのだぞ」

「へえ」

と、肩をたたく弥兵衛に喜助がこれまでの感謝の念を込め、ふかぶかと頭を下げたのは、翌日の朝だった。奉公人に暇を出すのに、あるじ夫婦に若夫婦まで往還に出て見送るなど、武家でも商家でも見られない光景だろう。近所の乾物屋や紙屋も、

「喜助さん。達者でな」

と、見送りに来た。

喜助は、これから路頭に迷う表情ではなかった。

昨夜のことだ。

「──爺《じじ》とも相談しましてのう」

と、和佳が喜助の前にそっと紙包みを出した。小さな包みだが、重みのあるのが看《み》て取れた。なんと十両ではないか。どのお屋敷でも中間の給金は、衣食住つきで年二両が相場だ。

「──とんでもございません、こんなにたくさん。失礼ながら、お家もこれからお困りのはず」

「──喜助。それはおまえが心配することではないのですよ」

言われれば、二の句は継げない。十両の包みを、ふところに収めた。

「──おまえが堀部家に来てから……」

「──へえ。十五のときで、もう二十年になりやす」

応《こた》えたとき、胸にその日の光景がよみがえり、こみ上げるものがあった。

見送られ、両国広小路に出た。

火除地《ひよけち》で広く、広場の脇には莚張《むしろば》りや葦簀張《よしずば》りの芝居小屋や見世物小屋、茶店が幟旗《のぼりばた》をはためかせ、派手な衣装の男や女が、そぞろ歩きの者に呼び込みの声を浴びせている。女中を随えた商家のご新造《しんぞ》、小僧を連れた旦那、遊び人風に若い娘の数人連れと、ここ数日の浅野家の出来事とは別天地である。

そのなかに喜助は着物を尻端折《しりはしより》に脇差を帯び、身のまわりの品を包んだ風呂敷包みを、長年慣れ親しんだ木刀にひょいと差して肩に担いでいる。

脇差は、

「──俺からの餞別《せんべつ》だ。おまえなら、使い方を知っておるゆえのう」

と、安兵衛から贈られたものだ。

腰に差したとき、

(ほう。木刀より重いわい)

と、刀身の重みをずしりと感じたものだ。

紺看板と梵天帯の中間衣装も、

「――おまえからそれを返されると、悲しゅうてならんわい。持って行け」

弥兵衛に言われ、風呂敷包みの中に入っている。

「さあて、行くか」

と、雑踏のなかに歩を進めた。尋ねて行きたいところがある。見倒屋の市左だ。最初に来たとき〝塒《ねぐら》が近く〟と言い、

「――大伝馬町《おおでんまちょう》と小伝馬町《こでんまちょう》のあいだに、長屋がいくつか軒《のき》を連ねているところがありまさあ。そのあたりで〝ホトケの市左〟と言ってくれりゃすぐ分かるはずだ」

とも言っていた。なるほど近くだ。そのときは訪ねる気などまったくなかったが、朱鞘の手がかりになりそうなことが聞けるかもしれないと思ったのだ。

五

米沢町は両国広小路でも南のほうに面しているが、広小路の北のほうに、神田の大通りへ向かう二筋の広い通りが西に向かって口を開け、往来人や大八車、町駕籠など

を吸い込んだり吐き出したりしている。一本は大伝馬町を通り、もう一本は小伝馬町を経て、二本は並行に進んで神田の大通りと交差し、その神田の大通りを南へ曲がれば日本橋である。

「伝馬町で二筋の大通りに挟まれたあたりか」

と、市左の説明はおおよその見当はつけやすかった。町の住人が大伝馬町も小伝馬町も一緒にして伝馬町と呼称していることも、喜助は知っている。小伝馬町には関八州《かんはっしゅう》一円に知られた江戸町奉行所の牢屋敷があり、町の住人は他所でそこと混同されるのを嫌い、大伝馬町の住人も〝こんな長ったらしい名なんざ言ってたんじゃ日が暮れらあ〟と、ともに〝伝馬町〟で通している。

そこを市左は二つの町のあいだと言ったから、喜助は場所を狭めることができた。単に〝伝馬町〟とだけ言っていたなら、二筋の通りの外側も含み、範囲が広すぎて喜助は訪ねる気にはならなかったかもしれない。

足は両国広小路から大伝馬町へ向かう通りに入り、そのあたりで小伝馬町の通りのほうへ向かう枝道に入った。

その範囲内で〝長屋がいくつか軒をつらねているところ〟を探した。往来人に訊くまでもなく、雑多な一角がありすぐに分かった。

(ほう。なかなか気の利く説明をする野郎だぜ。ここに住んでいるのか)

と、その長屋の路地の一本に入り、赤子を背負い洗濯物を干している女に、

「ちょいとご免なさんして。ここにホトケの市左という、古物商いのお人はいなさろうか」

「えぇえ、ホトケの？　あはは。あんた、市さんのご同業かね。その刀も見倒しなさったかね」

女はふり返り、みょうなことを言う。中間姿ではなく風呂敷包みまで木刀に引っかけているから、市左の同業に見られたのかもしれないが、

(腰の刀まで見倒したのかとは)

と、首をかしげていると、

「あははは。市さんは、あんたにもそう言っているのかね。まあ、そうかもしれないけど、自分で言ってるだけさね」

井戸端で洗濯をしていた婆さんが手をとめ、大きな声を投げかけてきた。これもまたみょうな言いようだが、少なくとも市左を嫌ったり恐れたりしている風情《ふぜい》ではない。

それに、この近くに住んでいることは間違いないようだ。

「まあ、自分でそう言っておりやしたが。で、市どんの部屋はどこですかい」

「あぁ、市さんならここじゃないよ。ほれ、そこを出て右へ曲がったところに小さな家作《かさく》があってそこさ。おもてに大八車が停まっているから、すぐ分かるよ」

赤子を背負った女が、さっき喜助が入ってきた路地の入り口を手で示した。

長屋の住人ではなかった。貸家だが一軒家のようだ。

女に礼を言い、

(なんとも市左がみょうなやつなのか、見倒屋がみょうな商いなのか)

思いながら長屋の路地を出た。

女の言ったとおり、すぐそこにあった。一軒家といっても米沢町の隠宅ならず浪宅のように塀があるのではなく、玄関がそのまま往還に面してそこが庭なのか、大八車が置いてある。屋根は板張りで全体の造作は粗雑な長屋とさほど変わりはない。部屋数は裏手の台所や雪隠《せっちん》を除き、四畳半がせいぜい二間くらいか。玄関の戸は格子戸などといった洒落《しゃれ》たものではなく、長屋とおなじ腰高障子《こしだかしょうじ》だ。

雨戸が外してあるから、いま家にいるようだ。

午《ひる》にはまだ間のある時分だ。

強く叩くと壊れそうなので軽く叩き、

「市左どん、いるかい。俺だ。中間の喜助だ」

腰高障子を引いた。

開いた。

三和土《たたき》というほどではなく、狭い土間に申しわけ程度の板敷きの間があり、板戸の向こうはすぐ部屋のようだが、板敷きから奥に向かって細い廊下がある。縁側になって雨戸が開けてあるのか、玄関よりそのほうが明るい。

その廊下から足音が聞こえ、

「おぉお。これは米沢町の中間さん。名前は喜助さんとおっしゃいやしたかい」

言いながら市左が玄関の板敷きに出てきて、

「おっ。どうしなすったい、その格好は。ははん、そうでやすかい。おん出されやしたね」

「人聞きの悪いことを言うねえ。暇をもらったのさ」

「あはは。ものは言いようでさあ。それに人聞きの悪いたあ、いつぞやあっしのほうから言った言葉ですぜ。ま、上がんなせえ。いえね、きょうこれから米沢町へ行こうと思っていたところなんでさあ。中間さんが暇を出されたところへ行ったんじゃ、無駄足を踏むところでやした」

「堀部家はもともと堅実な家風で、いつ行っても無駄さ」

座は奥の部屋に移った。玄関の板敷きから奥へ曲がれば、やはり雨戸の閉められる狭い縁側があり、それに並行して隣家の板塀とのあいだに路地があり、縁側の鼻先に柵も植込みもなく、家作と路地の境が曖昧《あいまい》で、その奥に長屋が二棟《ふたむね》向かい合わせにならんでいるのが見える。

「ここはね、以前はほれ、そこの二棟もそうで近辺の五、六棟の長屋の大家が住んでいやしたが近くに引っ越し、空き家になっていたのをあっしが借りやしたのさ」

お茶を出しながら言った市左の説明で、この奇妙な家作の立地に納得がいった。部屋は廊下側が明かり取りの障子になっており、畳は古いが男所帯にしては散らかっていない。玄関側の部屋は物置に使っているようだ。

「あはは、堅実な家風なのは玄関に一歩入れば分かりまさあ。いえね、きょう行こうと思ったのは見倒しのためじゃねえので」

市左は冗舌だった。

「どういうことでえ」

と、喜助は市左の話に乗った。

「喜助さんとおっしゃいやしたねえ。おめえさんが目当てだったのさ」

「ん？」

「ま、聞いてくだせえ」

「聞きやしょう」

喜助は朱鞘探索の手がかりを訊くだけではなく、市左という男にも興味を持ち、湯飲みを干すと畳の上に戻し、顔を見つめた。市左も喜助に視線を据えている。部屋の中から、障子の向こうの路地を長屋の住人であろう、人の行き来しているのが感じられる。

（なるほど。ここなら昼間、留守にしても泥棒は入るまい）

みょうに感心したりもする。

市左は喜助を見つめたまま、

「遅かれ早かれ、あんたが暇を出されなさるのは分かっていやしたよ。鉄砲洲のお侍も中間さんに腰元の女衆も、みんなそうでがしょう。そこで喜助さんにね、行くあてがねえのなら、ちょいと手伝ってもらいてえ仕事がありやして、とまあ勝手なことを思いやしてね。それの話にきょう……。ところがあんたのほうから来なすった。嬉しいですぜ。で、なんで？」

「そりゃあ、おめえがここの場所を分かりやすく話したしよ。それに……」

喜助は朱鞘の話を切り出そうとしたが、市左の言った〝手伝ってもらいてえ仕事〟

が気になった。それに長屋のおかみさんが言っていた〝ホトケ〟の自称も、〝その刀も見倒しなさったか〟も、訊きたいことはさらに増えている。

「つまりよ、おめえさんの仕事がおもしれえと思ったし、それになんなんでえ。その手伝ってもらいてえ仕事ってのは」

「おっ、そう来てくれやしたかい」

市左は満面笑みを浮かべ、畳の上の湯飲みを脇へのけ膝を乗り出した。

「へへへ、喜助さん。あんたの押し出し、恐《こお》うござんしたぜ。鉄砲洲のお屋敷でもきのう、あっしの同業を押し返していなすった」

「見ていたのか」

「ちらとね。買い取りてえ品を探しにちょいと行きやして」

「見倒しにかい」

「そりゃあ切羽詰まったときの人助け、商いでさあ」

「いい品があったかい」

言いながらもすこしむっとなったが、

「それよりも喜助さん。あんた、あっしの喉元に木刀を突きつけなすった。あの動きさ、ただの中間さんじゃねえと踏みやしたぜ」

市左はさらに話を進め、

「たかが木刀じゃねえ。正直いって、身動きできやせんでしたぜ。あれがもし、ほれ、そこに置いてなさる脇差の白刃《しらは》なら、あっしゃあ寿命が十年も縮まっていたところでさあ」

「そりゃあまあ、中間奉公でも堀部家で、安兵衛さまに稽古をつけてもらっていたからなあ」

「えっ。あの米沢町の隠宅、喧嘩安《けんかやす》の旦那の？」

「もう、浪宅だ」

「違《ちげ》えねえ。えっ、そんなのどうだっていい。あの高田馬場の喧嘩安！　そのお人に稽古を！　すげえ。こいつぁ売りにならあ。喜助さん、きょうから兄イと呼ばせてもらいやすぜ。あ、湯飲みが空だ」

市左は座を立ち台所に入り、ぬるめの茶を淹《い》れてきた。さっきもそうだったが、茶托や盆など気の利いたものはない。湯飲みをそのまま持ってきている。朱鞘の話よりも、喜助は市左の話に呑み込まれてしまっている。

「売り？　なんだい、それ」

「へへ、兄イ。この稼業はねえ、相手によっちゃ、これの必要なときもあるんでさあ」

市左は胡坐《あぐら》のまま両手で刀を持つ仕草をし、

「それで命を落とした同業もいやしてね。いえ、そんなのめったにねえことで。ほとんどは人助けだ。今夜もさっそく一件ありやしてね」

「脇差の必要な、危ない相手かい」

「いえ、とんでもねえ」

市左は顔の前で手の平をひらひらと振り、

「人助けでさあ」

「ほう。それでホトケ?」

「へえ、まあ、他人《ひと》がそう呼んでくれねえもんで、自分で」

「呼んでいるのかい」

「そういうところで。同業はあっしを伝馬町の市なんて呼んでやすがね。あ、それよりも兄イ。腹、空きやせんかい。へへ、きょうはあっしのおごりってことにさせてもらいやすぜ」

障子のほうを見ると、陽の射し具合がちょうど午時分《ひる》のようだった。

(この市左、思ったより正直そうな男)

喜助には思えてきた。

（得体は知れないが）

同時に感じるものもある。それがかえって、喜助の市左への興味を深めるものにもなった。

座は近くの一膳飯屋に移った。

「あら、市さん。きょうはご同業と一緒かね」

お運びの年増《としま》の女が愛想よく声をかけてきた。

さっきの長屋の路地で感じたとおり、ここでも評判は悪くないようだ。

だが、稼業が稼業だけに、やはり得体が知れない。市左が喜助をただの中間じゃないと踏んだように、喜助も市左に、

（ただの見倒屋じゃないような）

感じるものがある。

めしを頰ばりながら市左は言った。

「で、兄イ。当《あ》てはあるのかい。たとえばお屋敷で、どこか別の屋敷奉公を世話してもらったとか」

「ない。ただ、居場所が決まれば知らせろと、それだけだ。もちろん、手当は充分だったがよ」

「だったら兄イ。しばらくあっしのとこに草鞋《わらじ》を脱がねえかい。あんながたがたの家作だがよ」

「おっ、いいのかい」

その気があってホトケの市左ならず伝馬町の市を訪ねたのではない。あくまでも朱鞘の手がかりを得るためで、今宵はひとまずいずれかの木賃宿《きちんやど》にでも泊まる算段で、向後《こうご》の身のふり方を考えていたわけでもない。

だが、昼の腹ごしらえに外へ出るとき、喜助はほとんど無意識にというか、きわめて自然に脇差も木刀も風呂敷包みも市左の棲家《すみか》に置いて来たのだった。

六

陽が西の空にかなりかたむいている。

「さあ、兄イ。出かけるぜ。おっと、今宵はそんな物騒《ぶっそう》なものが必要なところじゃねえ。匕首《あいくち》もいらねえ。丸腰で行きやすぜ」

「ふむ。そうか」

喜助は市左の言葉に従い、縁側も玄関も雨戸を閉め、市左は刃物ではなく折りたたんだ提灯《ちょうちん》をふところに入れ、棲家を出た。

「お、市さん。これからかい。阿漕《あこぎ》な見倒しはいけねえぜ」

「へへ。おめえが夜逃げするときゃ俺に相談しねえ。悪いようにはしねえぜ」

ちょうど、奥の長屋の住人か、職人姿の男が帰ってきたところだった。肩の道具箱から大工のようだ。

「こきやがれ」

男は市左にひとこと返し、路地の奥に入って行った。

「へへん」

市左はそれを見送り、

「さあ、兄イ。こいつを出すぜ」

「おう」

大八車の軛《くびき》の中へ入った市左と、喜助は外から轅《ながえ》に手をかけてならんだ。

——ガラガラガラ
二人とも着物を尻端折に頬かぶりをし、棲家のある脇道からおもての広い通りに出て神田の大通りへ向かった。どう見ても荷運び人足だ。

しばらく居候《いそうろう》と決めたからには、家主は市左であり、

「――その見倒屋とやらを、俺にも見せてくれ」

「――ようがす。さっそく今宵」

と、二人は腰を上げたのだ。

神田の大通りに出た。夕刻近くの街道はいずれも往来人はむろん、陽のあるうちに仕事を終えようとする大八車や荷馬が長い影を右に左に引き、土ぼこりを舞い上げ、往還に縁台を出していた茶店は仕舞いにかかり、逆に煮売《にうり》酒屋や飲み屋などは軒《のき》提灯《ちょうちん》に火を入れるなど、一日のうちで最も慌ただしい姿を見せる。

「おっとっとい」

「ほい、ご免なさいよ」

カラでゆっくりと進む大八車を、荷を満載した大八車が土ぼこりとともに追い越し、向かいから急ぎ足で来た大きな風呂敷包みの行商人が市左らの大八車を避け、すれ違って行った。

市左と喜助が牽くカラの大八車は、神田の大通りを日本橋とは逆の北方向へ依然ゆっくりと進んでいる。

「――神田鍛冶町《かじちょう》だ。その町の脇道にちょいと入った八百屋の一家が、きょう夜逃げしやがるのよ。それのあと押しさね」

棲家で市左は言っていた。

カラの大八車が神田の大通りを鍛冶町に入ったとき、ちょうど陽が落ちた。家々や往来人たちの引いていた長い影がふっと消えた。市左はこの時分どきを目算して伝馬町を出たようだ。これからあたりは徐々に暗くなる。

「こっちでさあ」

「おっとっと」

いきなり大通りに出た馬子《まご》が慌て、大八車はガラガラと音を立て荷馬とすれ違い脇道に入った。

もう一度角を曲がったところに、二階建ての三軒長屋が二棟ならんでいる。長屋と長屋のあいだが路地になって裏手の枝道に抜けられるように建てられ、一階が店場で二階が家族の住居になっている。八百屋はその手前の長屋の右端の一軒だ。

お隣さんや近所の住人だろう。数人の男や女がこわごわとしたようすで中をのぞき込んでいる。

「なんでえ、なんでえ、おめえら。見世物じゃねえぞっ」

怒鳴り声が聞こえ、その中から着ながしの着物の袖《そで》を無造作にまくり上げ、裾《すそ》を手でちょいとつまみ上げた男が二人出てきた。いかにも遊び人といった風情で、肩をいからせている。

「知らぬふりで、通り過ぎやすぜ」

「おゝ」

低声《こごえ》で言う市左に喜助は応じ、そのように八百屋の前を通り、

「けっ」

遊び人風の二人は胡散臭《うさんくさ》そうに大八車を睨み、すれ違った。

市左と喜助は尻端折の無腰に頬かぶりをしている。遊び人たちには、ただの荷運び人足にしか見えなかっただろう。

一度、八百屋の前から遠ざかった。

しだいに暗くなる町内を一巡した。表通りとは違い、脇道ではすでに人通りがなくなっている。

なおもガラガラと音を立てながら、

「さっきの与太みてえの、なんなんだい」

「つまり、借金取りってやつさ。兄イと二人でなら、あんなの素手で叩きのめすのも

造作《ぞうさ》ねえだろうが、それじゃあとが面倒だし、第一《でえいち》、商いにならねえ」

　喜助が訊いたのへ市左は応えた。

　ふたたび三軒長屋のならぶ往還に戻った。

　あたりはかなり薄暗くなっている。

　二棟の三軒長屋は両方とも雨戸がはめられ、静まり返っていた。

「さあ、これから商いだ」

　市左は雨戸の前に大八車を停め、潜り戸を軽く叩いた。

　待っていたように、小さな戸が中から開いた。

「やっぱり、さっき通り過ぎなすったのが」

「へえ。買取りに」

　みずから見倒屋とは言わない。亭主だろう、男の手招きで市左が身をかがめするりと中へ入ったのへ喜助もつづき、頬かむりをとった。二階から手燭《てしょく》を持った女が、忍び足で下りてきた。女房のようだ。

「これはおかみさんで」

「は、はい」

　手燭の灯りについて二階に上がった。小さな簞笥《たんす》に蒲団《ふとん》、掻巻《かいまき》、枕、古着などがすでにまとめられている。

部屋の隅に四、五歳と七、八歳の子供が二人、恐ろしいものでも見るようにうずくまっている。上の子は女の子のようだ。薄暗い中に、

「恐いおじちゃんじゃないからね。あはは」

市左は子供たちに声をかけた。子供たちはうなずいたようだ。これまで怒鳴り声の借金取りが、幾度も来ていたのがそこからもうかがえる。

値の交渉が始まった。

「そ、そんなに安いので」

「無茶な！」

夫婦は声をそろえる。

「無理を言ってもらっちゃ困りますぜ。場合を考えてくだせえ」

市左の応対は、さっきの子供に対したときとまるで異なる。

一つひとつに値をつける。喜助が聞いても、法外に安いつけ方だ。

亭主も女房も哀願するように、市左に手を合わせる。

市左は聞く耳を持たない。

亭主も女房も、立場を考えれば折れざるを得ない。

品は腰紐一筋、下帯《したおび》一本にまで及び、女房のものか紅い腰巻まである。一階に下りれば台所で鍋、釜はいうにおよばず膳、茶碗、箸までもひとまとめに値がつけられた。安いというより、安すぎる。

（やい、市左。非道《ひど》いじゃないか）

内心、喜助には思えてくる。

しかし、市左にも理はある。箸一本、紙一枚でも、捨てるよりましだ。それに、情に負けては商いにならない。

「さあ、兄イ。運びやすぜ」

「おう」

できるだけ音を立てないように、亭主も女房も手伝った。

外はもう真っ暗だ。だが、町々の木戸が閉まる夜四ツ（およそ午後十時）にはまだ間がある。

あらかじめ用意してあった風呂敷包みと、店場のいくらかの野菜類をのぞき、なにもなくなった。小さな風呂敷包みがあるのは、子供たちにも持たせるのだろう。

事情を知っている隣家の夫婦か、そっと出てきて、

「とうとうだねえ」

「ほんとうに行きなさるか」

声を忍ばせ、別れを惜しんでいる。

「それじゃあっしらはこれで。いまからなら夜明けには江戸の外へだって出られまさあ。お気をつけなすって」

市左は提灯を手に大八車の轅《くびき》の中へ入り、八百屋夫婦に声をかけた。夫婦はふかぶかと頭を下げた。使い古した茶碗や箸までが、いくらかの金になったのだ。

「行くぜ」

「おう」

喜助はうしろから押した。

神田の大通りに出た。

両脇に家々の輪郭が黒く見え、暗く広い空洞のようになった通りに、灯りは市左の持つ提灯の火のみとなっている。

「さっきの八百屋、どうしてああなったのだい」

うしろから喜助は声をかけた。

「知るかい、そんなこと」

「夜逃げといっても、いってえどこへ」

「夜逃げが行き先を言うはずねえだろが」

「なるほど」

喜助はみょうに納得し、市左が〝ホトケ〟を自称する理由《わけ》も、なんとなく得心がいった。

（見倒屋か……、悪くないなあ）

思えてくる。

「でもよう」

市左は転の中からぽつりと言った。

「家族一緒に夜逃げなんざ、まだマシなほうだぜ」

「そうじゃねえのもあるのかい」

「あゝ、そのほうが多いさ。なかには、駈け落ち者もよう」

かすかな風の音に、大八車の響きがことさら大きく聞こえた。

七

翌朝、縁側の雨戸を叩く音で目が覚めた。

（おう。雨戸の外はすぐ路地だった）

思いながら上体を起こすと、市左も起き上がり、

「待ちねえ。いま開けらあ」

寝巻のまま縁側に出て雨戸を開けた。一気に日射しが縁側から部屋まで射し込む。もう陽が昇っている。

「きのう、行ったんだろう」

「いっぱい見倒してきたかい」

奥の長屋の女たちだ。二人で来ている。

「ふぁー、部屋にあらあ。また頼まあ」

「あいよ」

市左があくびをしながら言うと、女二人は縁側から上がり込んで玄関側の部屋の障子を開け、昨夜部屋に入れた古着類を抱えて行った。

「へへへ。仕入れた古着の洗濯をいつも頼んでんでさあ。多いときにゃ別の長屋の女衆にもね。そうしなきゃ売り物にならねえからよ」

市左は残りの雨戸を開けながら言った。どおりで女たちは手慣れたようすで部屋に入り、品物をまるめて持って行ったはずだ。当然手間賃は出ているのだろう。きのう

路地の奥で洗濯をしていた婆さんも、これだったのかもしれない。

昨夜から喜助には〝なるほど〟の連続である。もう一つ、きのう夕刻近くに大八車を牽いて出るときから、疑問に感じていたことがある。味噌汁と香の物と納豆の朝めしを食べながら訊こうとした。

「おっ、兄イ。この味噌汁、いけるじゃねえか」

市左は味噌汁をひと口すすり、思わず声を上げた。浪宅では老体の和佳を手伝い、またその手ほどきを受けながら喜助が台所に入っていたのだ。けさも裏手の狭い台所に喜助が入り、あり合わせの具で味噌汁を煮たのだ。男所帯でも、味噌、米、醬油は飢饉《ききん》でもない限り欠かさないものだ。

「それよりも市どんよ」

喜助は切り出した。この疑問は、浅野家断絶の日に見た上屋敷の混乱にも関連することだ。

「きのうよ、なんで迷わず行った鍛冶町の八百屋が、その日に夜逃げするのが分かっていたんだい。それに向こうも、市どんが大八を牽いて来るのを待っていたようだったじゃねえか」

「あははは、兄イ。ここで俺と一緒に十日も暮らしてみろやい。なにもかも分からあ。

さっきのかみさん連中の亭主たちだけじゃねえ。大工や左官みてえな出職《でじょく》の者もいりゃあ、きのうの八百屋みてえに常店《じょうみせ》を構えたのじゃなくって、乾物でも化粧品の小間物でも、商舗《みせ》なしで出商《であきな》いの者がいっぱいいらあ」

「あっ、分かった」

「へへ、さすがは兄イだ。呑み込みが早《はえ》えぜ」

喜助は合点《がてん》した。

それら行商の者が近在の町々を歩き、夜逃げや破産の噂を聞けばいち早く市左に知らせる。市左は駈けつける。見倒屋は他の同業に一歩でも先んじる速さが命である。近所に長屋が幾棟もあれば、それだけ噂も入りやすいことになる。

それが大名家の改易ともなれば、噂はまたたく間に江戸中を走り、売掛のある出入りの商人は当然、古道具屋、古着屋、さらに見倒屋までがわっと押しかけ、あの日のような騒ぎになったのだろう。

市左はつづけた。

「もちろん、きのうみてえに商いになりゃあ、割前《わりまえ》を出していまさあ」

なるほど、見倒屋といっても市左の評判は、近辺では悪くないはずだ。古着の洗濯もそうだが、市左の恩恵に与《あず》かっている住人がけっこういることになる。壊れた箪笥があれば、長屋の大工や指物師《さしものし》に修繕を頼んだりもするのだろう。鍛冶町の八百屋の件は、棲家の奥ではないがすぐ近くの長屋の住人で、天秤棒一本で野菜の行商をしている棒手振《ぼてふり》が持って来た話だという。その棒手振は鍛冶町の八百屋で仕入れもしており、そこで奥の事情を聞き、きのう夜逃げすることも知って見倒屋が直前に訪ねるよう段取りまでつけてくれたという。

もし昼間、鍛冶町の八百屋が古着屋や古道具屋を呼んで家財をさばこうとしたなら、夜逃げが事前にばれて家財を押さえられ一文にもならないか、借金の相手によっては半殺しの目に遭わされるかもしれない。八百屋から出てきた胡散臭《うさんくさ》そうな二人を、市左がやり過ごしたのも〝なるほど〟である。さらにまた、

(なるほど、場合によっちゃ修羅場をくぐることにもなりかねんなあ)

などとも思えてきた。

いまごろ、きのうの与太二人は八百屋一家の夜逃げを知り、地団駄《じだんだ》踏んで店に残された人参や大根を蹴散らしているかもしれない。

市左はうまそうに味噌汁をすすり、

「あはは。兄イにこんな腕のあるのが分かっていりゃあ、大根や人参も買い取ってやりゃあよかったぜ。また八百屋へそっと出向く機会がありゃあ、そうしやしょう。よ

ろしゅう頼みやすぜ」

言うとまた椀を口に運んだ。

喜助はしばらく、市左のこの棲家にとどまることになりそうだ。もっと知りたいことがある。見倒した品をどうさばくのか……。

「そうそう、市どん。いまからちょいと米沢町へ戻って、すぐ帰《けえ》ってくらあ。隠宅のじゃねえ、浪宅の旦那さまから、当面の居場所が決まったらすぐ知らせろと言われているのでなあ」

「えっ」

頰をほころばせていた市左が箸を持つ手をとめ、急に真剣な顔になり、

「やっぱりあの噂、本当だったので?」

「あの噂?」

喜助は問い返した。

「端《はな》からどうもおかしいと思っていたんでさあ」

「なにが」

「兄イほどのお中間さんだ。お家がなくなっても、暇を出すんなら次の奉公先ぐれえ世話してくれてもいいじゃねえかい。それもせず、落ち着き先が決まりゃあ知らせろ

たあ、兄イに他家へ奉公されちゃ困る。つまり来たるべき時に備え、また呼び戻す算段で……喧嘩安の旦那からやっとうを仕込まれた兄イじゃねえか」

「そりゃあ仕込まれたが、来たるべき時とは？」

「巷《ちまた》じゃ噂していらあ。赤穂といやあ五万三千石って聞いたぜ。上方《かみがた》のもっと向こうの播州《ばんしゅう》とか。そこで幕府勢と一戦交えるのじゃねえかって」

「ばかばかしい。そんなこと、できるわけねえじゃねえか」

中間といえど、武家社会はどういうものか知っている。

「あり得ねえことだ」

「まだありやすぜ」

「どんな」

「わけは知らねえが、殿さんが吉良《きら》さまとかいう偉《えれ》え人を殺《や》りそこなった。だったら家来衆の侍《さむれえ》たちがそれを継ぐのじゃねえかってよ」

これまでの慌ただしさのなかに、思ってもみなかった。いまどき籠城して幕府勢と戦うなどおよそあり得ない話だが、市左の言った〝侍たちがそれを継ぐ〟には、

「えっ」

思わず緊張を乗せた声が出た。これまで上屋敷の役宅にあったときも、米沢町の浪

宅に移ってからも、弥兵衛の身近にあって見てきたのは、まさしく〝武士の作法〟だった。表面的な立ち居振る舞いではない。その奥底にある〝武士のあり方〟だ。安兵衛から武術の薫陶《くんとう》も受けた。〝武士のあり方〟はそこにもあった。

「どうなんだい、兄イ」

市左はまだ真剣な顔だ。

喜助は気を取りなおし、

「へん。もう早《はや》そんな噂が出てるなんざ、そのほうが驚きだぜ」

噂そのものを突き離すように言い、早々に朝めしをすませ、

「おっと忘れるところだった。ここの棲家の地名よ、なんて言やあいいんだい」

「なんだ、そんなことかい」

市左はつまらなそうに応じながらも、

「ここの奥もそうだが、おもての角を曲がったところにもその向かいにも、吝《けち》な平屋の五軒長屋が散らばってらあ。家主《いえぬし》も雇われ大家も一人なもんだから、土地の者は全部ひっくるめて〝百軒店《ひゃっけんだな》〟と言ってらあ。ここを訪ねるんなら、百軒店のホトケの市左って言ってくれりゃあすぐ分からあ」

最初のときのように、なかなか詳しく説明する。

「百軒店のホトケの市どんだな。ま、当面の居場所を伝えるだけだ。巷の噂なんざそっかしくっていけねえ。すぐ帰《けえ》ってくるから」

着物を尻端折に、安兵衛からもらった脇差を差して出かける喜助を、

「当面などと言わず、ずーっとここが兄イの居場所だと喧嘩安の旦那に言っておいてくんねえ」

と、市左は見送りに玄関口まで出て言っていた。

中間のときは常に木刀を帯びており、町人姿になっても無腰の帯だけというのはどうも落ち着かない。

八

大伝馬町を通る大通りを踏んで両国広小路の雑踏に入った。芝居小屋や茶店の呼び込みの声のなかに、

(そんな噂があるのかい。殿さんの殺《や》りそこないをご家来衆が継ぐ?)

それがなぜか気になった。市左にも言ったように、そのようなことはこの慌ただしかった数日、まったく聞かなかったことだ。

人混みの広小路を南へ抜け、米沢町の枝道に入った。ひと晩市左の棲家に泊まり、見倒屋の一端を垣間見《かいまみ》ただけなのに、隠宅から浪宅となった玄関口がなにやら懐かしく感じられる。

玄関の格子戸の前に立ち、

（えぇっと）

と、迷った。もう中間姿ではない。これまでのように庭づたいに裏手へまわるか、元奉公人がお客のように玄関口に訪《おとな》いを入れていいものか。勝手に裏手へまわるのも気が引け、

「えー、ご免くだ……」

「おぉう、喜助ではないか」

声を出しかけたところへ板敷きの奥に足音が聞こえ、弥兵衛とその背後に刀を持った和佳が出てきた。幸も一緒だ。弥兵衛は羽織・袴を着けており、喜助は思わず一歩飛び下がり、片膝を三和土についた。

「あはは、よせよせ。おまえはもう奉公人ではないぞ。それにその尻端折、なかなか板についておるではないか。その脇差も似合《にお》うておるぞ」

「ほんに、似合うておる」

笑顔で言う弥兵衛に和佳がつづけ、

「ならば、お供を……」

喜助は言いかけた言葉を呑み込み、

「きょうは、当面の落ち着き先が決まりましたゆえ、知らせに上がりました」

片膝をついたまま用件を述べた。

「ほう、決まったか。それはよかった。和佳、幸、詳しく聞いておけ。これからの暮らし向きものう」

「はい」

急いでいるのか、弥兵衛は大小を腰に差すと和佳と幸に見送られ出かけた。喜助も往還まで出て見送った。おとといまでなら、そのまま喜助がお供をしていたのだ。

「これからちょいとのう」

と、弥兵衛は行き先を言わなかったが、喜助も敢えて訊かなかった。安兵衛と居候の数人も外出しているようだ。

和佳に言われ、喜助は奥へまわった。

縁側には和佳と幸が座している。庭に片膝をついた喜助は二人に言われ、縁側に腰を下ろし幸の淹れた茶を、

「もったいのうございまする」

と、ぎこちなく口に運び、

「小伝馬町と大伝馬町のあいだの百軒店で、市左という住人の……」

場所を詳しく説明した。

和佳も幸も両国の近くなのを喜び、二人から向後の暮らし向きを訊かれたが〝見倒屋〟とは言えず、

「へえ。古着に古道具屋でございます」

応えた。外れてはいない。幸は笑いだした。上屋敷の役宅を引き上げるときに押しかけた一群を思い出したのだろう。

「その後、こちらの浪宅には……」

「わたくしがおりますから、懸念は無用です」

幸は言い、和佳も笑っていた。さすがは弥兵衛の娘で安兵衛の妻女だ。薙刀《なぎなた》は役宅から慥《しか》と持ち帰っている。幾度か安兵衛に言われて上屋敷の道場で手合せをしたことがある。いまでは受けとめ打ち込むこともできるが、最初は歯が立たなかった。悪徳の見倒屋などが来て浪人の妻女とみて凄んだりすると、もう上屋敷でのような遠慮はいらない。その者は不運と言わねばならない。喜助は安心して、両国米沢町の浪宅を

あとにすることができた。

また広小路の雑踏に歩を踏んだ。

（はて？）

思えてくる。さきほど弥兵衛は急いでいた。安兵衛たちも先に出かけていたようだが、お屋敷の後始末がまだ残っているのだろうか。だったらどこで？　和佳も幸も十軒店が近くだったことに、

（なんでお喜びだったのか）

思いはじめたらきりがない。

（まさか、ご家来衆が殿さんの遺志を継ぎなさる？）

喜助は肩をぶるると震わせ、歩を進めた。弥兵衛か安兵衛に訊こうと思えば訊けないこともないが、訊くのが恐ろしいようにも思えたのだ。

伝馬町の棲家に戻ると、

「おぉう。思ったより早かったじゃねえかい」

と、市左がさっそくといった風情で、

「さあ。兄イにもこの稼業のイロハ、覚えてもらいやすぜ」

腰を上げた。

「おう。よろしく頼むぜ」

なかば指図するような市左の口調を、喜助はその気になって容《い》れた。

大八車に小型の箪笥や食器類や古着を積み込んだ。昨夜神田鍛冶町の八百屋で見倒してきた品ではない。それらはまだ洗わねばならないし、古着の洗濯もけさ出したばかりだ。

「どこへ持って行くんでえ」

「へへ、来りゃあ分からあ。遠くはねえ」

と、また市左が轅《くびき》に入り、喜助がうしろから押した。商いのときはやはり尻端折の頬かぶりに無腰だ。

棲家から町場の往還を北へ進み、小伝馬町の牢屋敷の脇を経てさらに北方向に歩を取った。

「ほっ。そうかい」

と、行く先は分かった。

この一帯の北側には、江戸城の外濠《そとぼり》になっている神田川《かんだがわ》が流れている。湯島天神《ゆしまてんじん》や湯島聖堂《せいどう》のある北側の岸辺は崖《がけ》のようになっているが、伝馬町のある南側は川原がつづき、特に日本橋から北へ延びた神田の大通りが、神田川にぶつかる筋違御門《すじかいごもん》前の火《ひ》除地《よけち》の広場から下流の浅草《あさくさ》御門まで、長さ十六丁（およそ一・八粁《キロ》）にもわたって柳の木がなびく土手道がつづき、土地の者はそこを柳原堤《やなぎわらつつみ》とも柳原通りとも柳原土手《どて》とも呼んでいる。その浅草御門の先が両国広小路であり、神田川は浅草御門の橋をくぐってすぐの柳橋《やなぎばし》を経て大川（隅田川）に注ぎ込んでいる。大川では神田川の水を呑み込んだすぐ下流から、長さ九十六間（およそ百七十米《メートル》）の両国橋が対岸の深川へと架かっている。

筋違御門の火除地も両国広小路ほどではないにしろ、汁粉《しるこ》屋が呼び込みの声を上げ、イカ焼き屋が香ばしい匂いを団扇《うちわ》であたりに撒き、願人坊主《がんにんぼうず》や曲独楽《きょくごま》などの大道芸人までが出て、あちこちに人だかりをつくっている。もちろん、相応の人通りもそぞろ歩きの男や女たちも出ている。

そこで柳原土手だが、そこは土手道というより大通りのように広く、諸人《もろびと》の集まる筋違御門の火除地と両国広小路を結ぶ往還ともなり、通りの両脇には古着屋や古道具屋がずらりとならび、茶店や矢場《やば》まである。常店といっても多くは掘立《ほったて》小屋か葦簀《よしず》張りで、莚《むしろ》か風呂敷一枚に古着や食器、荒物などの古道具類を商っている行商人も少なくない。

神田界隈で〝堤《つつみ》に行こう〟とか〝土手へ行ってくらあ〟と言えば、柳原通りへ古着や各種の古道具を物色に行くことを意味する。そこが両国広小路のつづきのような地になっているものだから、喜助は幾度か見物や冷やかしに行ったことがあり、通りのようすはよく知っている。

百軒店の棲家から町場の往還を北へ二度か三度、角を曲がり七丁（およそ八百米）ほども進めば、柳原土手のちょうど中ほどに出る。

大八車を牽きながら市左はふり返り、

「どうでえ、兄イ。俺が伝馬町の百軒店を棲家に選んだ理由《わけ》が分かったかい」

「よおく分かった。大《て》したもんだぜ、市どんは」

得意気に言ったのへ、喜助は心底から返した。町々の噂を集めるにも洗濯を女衆へ頼むにも、壊れた品の修繕にも、さらに見倒した品をさばくにも、百軒店の棲家ほど条件がそろっているところは、江戸中を歩いてもまずないだろう。

市左は柳原土手に取引先を数軒持っていた。常店の古着屋や古道具屋で、そこで一つひとつ値の交渉が始まる。それら常店はいずれも、市左のような見倒屋を幾人か抱え、また素人が売りに来る場合もあるのだろう。

莚や風呂敷一枚で商っている者も、

「よう、市さん。安いのがありゃあ買うぜ。見せてみねえ」

「おう、兄弟《きょうでえ》。また頼むときもあらあ」

と、声をかけてくるのへ、市左は愛想よく返していた。

帰りの大八車も市左が軛《くびき》に入り、喜助は轅《ながえ》に手をかけ横にならんだ。

「おもしろいところだなあ。冷やかしで土手はときたま行ったが、商いで歩を踏んだのは初めてだ」

「へへ。歩を踏むだけじゃなく、ときには莚一枚で品をならべて売《ばい》をやるときだってあるぜ」

軽くなった車輪の音に、喜助が声を重ねたのへ市左は返した。

「ほっ。そこまでやるのかい。ますますおもしれえ」

「ははは。近いうちにやりやしょう。莚一枚にも土手には土手の仁義があってねえ。いつでもってわけにはいかねえ」

「ほう」

喜助は興味深げにうなずいた。そこには売り手もそぞろ歩きの男や女にも、人の息《い》吹《ぶき》が強く感じられる。それを思えばあの日、上屋敷で狼藉を働いていた町人たちが悪徳とも思えなくなる。浅野家が非常事態なら、出入りの商人たちにも抜き差しならぬ事態だったのだ。

しかし、許せぬ者もいる。朱鞘の大刀だ。幸が薙刀を振るえなかったのは、血を見てはならない事態だったからだ。その弱みに〝賊〟どもはつけ入ったことになる。

大八車一杯分の品は、五、六軒の常店をまわりすべてさばけた。

伝馬町の棲家に帰ってからである。奥の部屋でひと息入れ、

「実はなあ」

と、喜助はようやく安兵衛の大刀の話をした。

「えぇえ！　高田馬場の朱鞘！」

市左は驚きの声を上げ、部屋の雰囲気は変わった。高田馬場の決闘が江戸中に知られていることは喜助も知っており、その堀部家に奉公していることは誇りでもあった。いまも誇りだ。

「この江戸で知らねえ者はいやせんぜ、あの朱鞘をよう」

そこまでは知らなかった。

市左はつづけた。

「どさくさに紛れてあの朱鞘を盗むたあ、ふざけた野郎だ。許せねえ。だけどよ、そいつら馬鹿だぜ。そんな誰でも知っている刀なんざ、逆にどこへ持って行っても買い

「なるほど。実はあのときなあ、堀部家の中間《ちゅうげん》でいなくなったやつが一人いるのだ」

「なんだって！　堀部家のお中間さんなら、兄イのお仲間じゃねえかい。それがいなくなった。うーむ」

市左はうなった。頼りになりそうだ。喜助はそやつの名が助造ということも、幸から聞いたそのときのようすも市左に話した。幸はそのとき、助造の姿をちらと見たのだ。

「当たってみやしょう。同業のちょいとタチの悪いやつらに訊きゃあ、助造って野郎の居所だって分かりまさあね」

市左は太鼓判を捺《お》すように言い、二人はさっそく翌日から動いた。

二　柳原土手

一

「こいつを毎日、胃ノ腑《ふ》に流し込めるなんざ、もうたまんねえ」

喜助の合わせ味噌の汁をすすり、

「さあ、行きやしょうかい」

と、二人が尻端折で手拭を粋な吉原かぶりに伝馬町の棲家《すみか》を出たのは、日の出から半刻（およそ一時間）ほどを経た六ツ半（およそ午前七時）ごろだった。朱鞘《あかさや》の大刀の手がかりが得られるかもしれない。

大工や左官などの出職《でじょく》の者も古着や小間物の行商も、この時分に長屋などの塒《ねぐら》を出る。

「おや、市さん。きょうはお仲間と一緒で土手商《どてあきな》いかい」

奥の長屋から出てきた小間物商いの女が声をかけてきた。歳勾配《としこうばい》なら喜助とおなじくらいの年増《としま》で、商売道具を背負い、手拭を姐《あね》さんかぶりにたすき掛けで着物の裾《すそ》をたくし上げて帯にはさみ、紅い腰巻があらわに見える。女行商人のどこにでも見られる姿だ。いささか浅黒いのは行商のせいか、体軀《たいく》も健康そうだ。

「あゝ、これからはな」

市左は返した。土手商いとは、きのう行った柳原土手で莚《むしろ》か風呂敷で商うことだ。喜助も風呂敷包みを背負い、市左はまるめた莚を小脇に抱え込んでいる。大八車を出すほどかさばる品ではない。

「――土手に一日座ってりゃあ、兄弟《きょうでえ》たちからいろんな噂がころがり込んでくらあ」

と、きのう市左は棲家の居間で言い、きょう土手商いをする品を玄関側の物置にしている部屋から出した。柄杓《ひしゃく》や笊《ざる》、桶《おけ》のなどの荒物《あらもの》に茶碗や湯飲みなどだ。いずれも市左がタダ同然の値で見倒してきた品々だ。

それに土手商いの者は常店《じょうみせ》も含め、互いに〝兄弟〟と呼び合っている。扱っている品に関わりなく、連帯意識が強いのだ。

「――見知らねえ者が割り込んで来るのを防いでいるのさ」

市左は言っていた。これも市左の言った〃土手の仁義〃の一つのようだ。どおりできのう、市左は常店の者にも莚や風呂敷一枚の行商人とも、親しそうにしていたはずだ。これも喜助が市左をとおして感じる〃なるほど〃の一つだった。

「——みょうなのが入り込んで、面倒の起きることがままあるのよ」

市左は言っていた。そこがいささか気になり、堀部安兵衛餞別《せんべつ》の脇差に手を伸ばそうとすると、

「——おっと、白刃《しらは》はいけねえ。木刀にしておいてくんねえ」

言うので、風呂敷包みには、中間《ちゅうげん》用で長年腰に親しんできた脇差寸法の木刀が入っている。奴姿《やっこすがた》以外で腰に木刀などサマにならない。

伝馬町の棲家から柳原土手は近いので便利だ。

土手道に入ると、まだ朝のうちというのに〃兄弟〃たちがあちこちに出て商いの準備をしている。

「おう、あんたら。ちょうどよかった。顔合わせしておいてくんねえ」

まだ準備中の土手道で、市左は若い男の二人連れに声をかけた。脇差を腰に、着物の袖《そで》を腕まくりに裾《すそ》をちょいとつまみ粋がっているところなど、神田鍛冶町の八百屋で見かけた与太二人に雰囲気が似ている。

（お、こいつらか）

とっさに喜助は思った。

こうした繁華な町や寺社の門前や酒食の店がならぶ色街などには、店頭《たながしら》という仕《し》切人《きりにん》のようなのがいて、若い衆を幾人か抱えて町の揉め事などを仕切っているとは、喜助も噂に聞いて知っている。いわば影の存在で、その連中とみたのだ。

「おう、市さん。きょうは見倒しじゃなくて、ここで店開きかい。で、そちらの兄さんは？」

「おうよ。喜助の兄イといって、俺の兄貴分だと思ってくんねえ。これから一緒でよ。店頭の八郎兵衛《はちろべえ》親分によろしゅう言っておいてくんねえ」

「いいともよ。店開きは他の兄弟たちとかぶらねえように頼むぜ」

「おう」

と、気さくに言葉を交わし、店頭とやらの若い衆に間違いなかった。

「よろしゅう」

と、喜助は風呂敷包みを背負ったまま挨拶《あいさつ》したが、想像していたような暗い印象はなかった。

「自分では〝柳原の八郎兵衛〟と名乗っているんだが、みんなは土手の八兵衛《はちべえ》さんと呼んでよ、縄張もこの土手筋だけで身内の数も少なく、ま、気のいい親分さ」

市左が言うのへ、またもや〝なるほど〟と思った。市左が〝ホトケの市左〟を自称しているのと似ている。なにやら〝土手の八兵衛〟の人物像までが見えてくるような気がした。

「縄張争いとか、ほかの町の店頭みてえのが荒らしに来たりしないのかい」

「あはは。ここの土手にゃ女郎屋も飲み屋もねえ。古物ばかりで、こんな実入りの少ない土地《ところ》なんざ誰も手を出さねえよ。起こるとすりゃあ、兄弟喧嘩ぐれえなもんさ」

「兄弟喧嘩？」

「あゝ。だからさっき、あの若い衆らも〝かぶらねえように〟って言っていたろう。ま、ついて来ねえ」

市左は言いながら、あちこちで商いの準備にかかっている土手道に歩を進めた。

「おっ、市どん。またわしらと膝をならべるかね」

「きょうはなにをお天道《てんとう》さまにさらしなさる」

〝兄弟〟のように声がかかる。

市左が荒物に瀬戸物だと話すと、

「そりゃあここじゃまずい。そうそう、矢場《やば》のほうなら大丈夫だぜ」

「ありがとうよ。そのほうへ行ってみらあ」

市左は言われたほうへ風呂敷包みを背に莚を小脇に歩を進め、喜助も尻端折に風呂敷包みを背負ったまままそれにつづいた。

矢場なら喜助も知っている。両国広小路のほうから土手の通りに入ってすぐのところにあり、掘っ立て小屋で葦簀《よしず》と莚張りの粗末な造作だ。呼び込みの声に釣られ一度遊んだことがある。弓矢の覚えはないが剣術と通じるところがあるのか、矢場女に太鼓の音と〝当たりーっ〟の声を連発させたものだった。

近くまで進んで気づいた。なるほど矢場の向かいも左右も古着屋がほとんどで、荒物や瀬戸物をならべている店場はない。これが店頭の若い衆が言っていた〝かぶらねえように〟とのことらしい。

「へへ。毎日ここに面《つら》をさらしている連中なら、おんなじ物がとなり合わせになっても、ずらりとならんでもいいってことになっているが、たまにしか来ねえ者《の》は離れ小島にならなきゃなんねえのよ」

言いながら市左は古着屋と古着屋の莚のあいだに空いた場を見つけ、

「すまねえ。ここにちょいとならべさせてもらっていいかい」

「おう、市さんかい。広げていきねえ」

「古着のいいのがありゃあ、またまわしてくんねえ」

両脇に声をかけると、色よい返事が返ってくる。

市左はまわりの〝兄弟〟たちに喜助を引き合わせ、莚を広げ荒物や湯飲み類をならべはじめた。

「木刀は莚の下にしまっておきねえ。出してたんじゃ客に値をつけられちまわあ」

市左の言葉に喜助は従い、荒物は市左、瀬戸物は喜助とおよその分担を決め、最初の掛け値は市左から聞き、見よう見まねの売《ばい》を始めた。

喜助にはまた〝なるほど〟だった。なにやらふわりとした掟《おきて》があり、それがなんとなく守られて柳原の古物市場が成り立っている。

(武家の作法より、こっちのほうがいいや)

思えてくる。

人の出はじめたのは、陽がすっかり昇ってからだった。ぶらっと素通りする者や冷やかしがほとんどだが、一人でも莚の前にしゃがんでくれれば、これまで感じたことのない喜びが込み上げてくる。客と値段のやりとりをし、一つでも売れればまた嬉しい。その値が、買った客が満足するほどまた安い。鍛冶町の八百屋で、市左が冷酷なほど見倒していた理由の一端がここにもあったのかと、喜助はあらためて得心がいく思いだった。

だが、肝心なのは朱鞘の大刀だ。そのために出てきたのだ。柳原土手は古着屋が主で、きょうの自分たちのように古道具屋もあるが、包丁はあっても刀剣を扱っている店のないことは喜助も知っている。

「市どん。朱鞘のことだが」

「あゝ、それそれ。言わなきゃならねえ、と」

値切り客や冷やかし客の切れ目に言った喜助に市左は返し、声を低めた。

「あれは盗品でがしょ。だったらここには出ねえ」

「なに言ってやがる。ここに来りゃあ手がかりが得られる、と」

「言いやした。あんなのを買うのは窩主買《けいずかい》しかいねえぜ」

「けいずかい？」

「そう、窩主買さ。盗んだ品を買取る故買屋《こばいや》のことを、この世界じゃそう言っておりやすので。ここにいつも面を出している兄弟たちゃ、そんなのに手は出さねえ。だがよ、出しているやつらを知っている人もいらあ。あっしも以前、聞いたことがあらあよ」

「だったら、その人に訊いてくんねえ。窩主買を知らねえかってよ」

「だから兄イ、焦《あせ》っちゃいけねえ。窩主買ってのは用心深いはずだ。こっちから聞き込みを入れて、それが当人の耳に入ってみねえ。柳原で探りを入れている者《の》がいるって勘づかれ、ますます見つけにくくなっちまわあ。だから俺っちも用心して、兄イをまわりに引き合わせたとき、元浅野家のってのは伏せたのさ」

「なるほど。だったらどうすればいいのだ」

「そこよ。話のなかでさりげなく窩主買を話題にする。それを知っているのがいたなら、そこから刀の話に入る。だけど、こっちから朱鞘の話は出さねえ。なあに、物はなにしろ喧嘩安の差料《さしりょう》で朱鞘とくりゃあ、黙っていても向こうから話は飛び込んでくらあ」

「ほう、ほうほう。任すぞ、市どん」

「へへ。気長に機会を待ちやしょう」

「よし」

喜助はうなずき、

「へい、いらっしゃいやし。なにか気に入った物はございやすかい」

瀬戸物の前にしゃがみ込んだ年増《としま》の女に声をかけた。もともと腰の低い中間上がりだ。客とのやりとりの間合いさえつかめば、いい売人《ばいにん》になりそうだ。

二

その日は商売のコツつかみで夕刻を迎えた。

つぎの日もおなじで、三日目にとなりで風呂敷を広げていた古着の行商人から窩主買の話が出たが、品は着物や帯の域を出ず、刀には至らなかった。

だが十六丁（およそ一・八粁）に及ぶ柳原土手には、さまざまなきっかけに出合いそうな雰囲気はある。

この日、伝馬町の棲家を出るとき、物置部屋で風呂敷に包んだ瀬戸物、荒物、小間物は底がつき、陽が西の空にかたむきかけたころには、持って来た品は莚が二枚だけとなり、

「あしたからは、売り場を変えて古着にするか」

「同業が多すぎて、かえって場所に困らねえかい」

言いながら二人が莚をたたみかけたときだった。

「あぁぁ、市さん、市さん、よかった、まだいてくれて」

「どうしたい、お島《しま》さん。そんなに慌ててよ」

女行商人が荷を担いだまま駈け寄ってきたのへ、市左は莚にかけた手をとめた。棲家の奥の長屋に住まう小間物商いの女だった。お島という名のようだ。

「そちら、喜助さんといったねえ。一緒に助《す》けてやっておくれよう」

お島は息せき切って言い、土手の通りを走って来たか、たたみかけた莚にへなへなと座り込んだ。

「助けろって何をでえ。また夜逃げかい」

「そう、それも今夜」

急な見倒しの仕事を持ってきたようだ。

「今夜？　それはまた急な。ともかく聞こうじゃねえか」

市左は川原のほうを顎でしゃくった。夜逃げの話など人前でできるものではない。

お島は座り込んだばかりの腰を上げ、喜助もそれにつづいた。

石ころを踏み、水音を聞きながらの立ち話になった。

行商人の持ち歩く小間物などは、櫛《くし》も簪《かんざし》も帯留《おびどめ》も下町の女の手の届くものがほとんどだ。

聞けば、夜逃げはお島が出入りしている長屋の住人のようだ。瓦職人の父親が長《なが》患《わずら》いで十五、六の娘二人が通いの茶屋奉公に出て、母親は、

「亭主の看病をしながら、近所の針仕事をもらってほそぼそと……。そこへ医者代や薬料だので借金がかさんで」

「おっと、それ以上は聞かねえ。それにしても病人を連れての夜逃げなんざ、骨が折れるぜ」

「そうじゃないんだよ。きょうあたしが行くとさ、長屋で秘かに線香の煙さ」

「えっ」

喜助は驚きの声を上げたが、

「死んだかい、借金だけ残して」

市左は淡々と言う。

「そうさ。弔《とむら》いがばれりゃ借金取りがどっと来てなにもかも。それで今夜そっとホトケをお寺に運び、せめてお布施の分だけでも……と、あたしが相談されちまったんだよう。落ち着いてから寺へ骨を引き取りに行くって。夜逃げの路銀は、長屋のお人らが餞別《せんべつ》でなんとか……」

「よくまあ訊きもしねえのにべらべらしゃべりやがって。ともかく場所を詳しく話しねえ」

市左に言われてお島は話した。

筋違《すじかい》御門を渡った神田明神下の長屋だった。柳原からすぐ近くだ。

なにぶん先方は死体をそっと寺に運ばねばならない。鍛冶町の八百屋のときのように、陽が落ちてからというわけにはいかない。

「九尺二間で四畳半一間じゃ大八車などいるめえよ。お島さん、莚を頼むぜ」

「あいよ。あたしの割前《わりまえ》、忘れないでよ」

「こきやがれ。品を見てからだ」

「あ、お島さんだったなあ。莚の下に木刀があるから、忘れねえように頼むぜ」

喜助は言い、

「木刀? おやまあ、なんなんでしょうねえ」

お島の声を背に、二人は風呂敷をふところにその場から神田明神下に向かった。

伝馬町の棲家の裏手と似た長屋だ。陽が落ちるにはまだ余裕がある。

路地に入ると、気のせいか静まり返って湿っぽい。

なかば朽ちた溝《みぞ》のはめ板に気をつけながら奥に進むと、

「あんた、お島さんの知り合いかね、見倒屋の」

「へえ、買取屋でござんす。お島さんから聞きやした」

腰高障子が開き、あまり髷の整っていないおかみさんがおそるおそるといったようすで声をかけてきたのへ市左が返すと、ほかの腰高障子戸も開き、住人たちが安心したように顔をのぞかせた。明らかに、嫌な相手が来るのを警戒しているようすだ。

　手で示された腰高障子に声を入れ開けるなり、

「あっ」

　喜助と市左が声を上げたのは同時だった。かすかに線香の匂いがし、薄汚れた蒲団の中に死体が横たわっている。枕元に座っている、ほつれ髪の痩せた女は女房か、壁へ身をすりつけるように小さくなっている若い女二人は娘だろう。一部屋しかない中をぐるりと見まわすと、家具といえるものは何もない。この光景からも、一家がいかに怯《おび》えた日々を送っていたかが分かる。

　枕元の女は腰を上げ、市左の見倒しが始まった。女も値のほとんどつかないことを覚っているようだ。値のつく物はすでに持って行かれてしまっている。なんとか値のつけられそうな物は、女の腰巻だけだった。継ぎはぎもあったが、掛け蒲団の代わりにもしていたのだろうか、さほど古くはないものも含めて五枚もそろっていた。ということは、母親も娘二人ももう腰巻もしていない……。

「なんとか、お寺さんに包む分だけでもお願いしますじゃ」

　背後から皺枯《しわが》れた声が聞こえた。この長屋の住人のようだ。残りの物を金に替えると、それを持って長屋の者が大八車で死体をお寺まで運ぶという。棺桶を用意したのでは金もかかるし、それに葬式をやっていると判ってしまう。死体は野菜か炭のように莚をかけて、

「弔いと判らぬように運びますのじゃ」

鰍枯れた声は言う。

母娘はばらばらにお寺まで行き、そのまま三人そろって夜逃げをする算段になっているらしい。

母親は憐れみを請う目を市左に向け、鰍枯れ声も〝そこをなんとか〟を連発する。

「兄イ。情にほだされたんじゃこの商い、やっていけやせんからねえ」

市左は台所のまな板や笊《ざる》、鍋《なべ》をひとまとめにしながら、うしろについている母親や鰍枯れ声にも聞こえるように言った。

「そういうことだな」

喜助も女たちに聞こえるように返した。

死体は畳の上に移され、住人がそっと莚をかけていた。蒲団の見倒しが終わり、荒縄で担ぎやすいようにきつく縛った。それも合わせ、背負って帰るにはやはり風呂敷二枚は必要だった。

「ま、こんなもんでさ」

と、市左が母親にはじき出した額は、きょうの柳原土手での売上げで充分まかなえる額だった。

風呂敷包みを背に長屋の路地へ出ると、まだ陽は落ちていない。お寺に死体を運ぶのに間に合ったようだ。

背後でとなりの部屋のおかみさんだろう。

「よかったねえ。これで女衒《ぜげん》に連れて行かれずにすむよう。さあ、早く」

声が聞こえた。弔いが事前にばれれば、娘二人は女郎屋に売られることになっていたようだ。

筋違御門の橋を渡ったとき、ちょうど陽が落ちた。火除地《ひよけち》の広場も両国広小路と同様、陽が落ちてからの火の気はご法度《はっと》になっているため、すでに屋台は店仕舞いをし人影もまばらになっていた。

市左たちも間に合った。あとすこし経れば暗くなる。そのなかに提灯も持たず、頬かぶりの尻端折で大きな風呂敷包みを背負っていたのでは、泥棒の仕事帰りと間違われる。

神田の大通りを伝馬町へ歩を進めながら、またしても喜助は、

（なるほど、だから市どんは柳原から行くとき、あんなに急いだのか）

ふたたび得心するものがあった。見倒屋稼業にも、さまざまな配慮をしなければならないことがあるようだ。

「死体から下帯まで外して、そんなのまで売れるのかい」

「あははは。洗濯すりゃあ皆おなじだい。そんなことにこだわっていたんじゃ、この商いはやっていけねえぜ」

「もっともだ」

応えた喜助が背負っている薄蒲団は、さっきまで死体の下に敷いてあったのだ。

薄暗くなりかけたなかに、二人の足は伝馬町に入っていた。

三

翌朝も日の出のころ、外から縁側の雨戸を叩く音に目を覚ました。

「きのう若い娘が二人もいる所を見倒して来たんだろう。お島さんから聞いたよ」

声は長屋のおかみさん連中だ。きのう見倒した腰巻や下帯、それに蒲団や枕の洗濯の仕事がある。それらを頼み、

「きょうは物置を広くしようかい」

と、簞笥《たんす》や長持《ながもち》を大八車に載せて柳原土手に出た。

場所はきのうまでとおなじ両国広小路に寄った、矢場のすぐ近くだ。ときおり当たりの的《まと》を射た太鼓の音や、矢場女の嬌声が聞こえてくる。

ものが大きいだけにすぐには売れないが、売れればタダ同然に見倒した品だからいい儲けになる。

「ま、ここの店頭《たながしら》の八兵衛さんよ。古物の小商いばかりの店で見ケ〆料《みかじめりょう》の少ない分、てめえで矢場なんぞやって稼いでいるのさ。かわいいとこあるぜ」

市左が言ったのへ、となりの風呂敷一枚の古着屋がうなずきを入れた。きょうも木刀を持って来て莚の下に隠している。

午前中に簞笥が一棹《ひとさお》売れ、両国橋の向こうの深川の商家だったので喜助がそこまで大八車で届けに行った。もちろん運び賃は取る。

午過《ひるす》ぎだった。

聞こえていた矢場女の嬌声が不意にやんだかと思うと、

「きゃーっ」

悲鳴に変わった。

「兄イッ」

「おうっ」

なかば野次馬の感覚だったが、走り出したとき、喜助はとっさに莚の下の木刀を引っつかんでいた。

矢場で揉め事が起こったのではなかった。

その裏手だった。

土手の八兵衛の配下ではない与太が、お店者《たなもの》の男に脇差を突きつけ、

「やい。いかさまたあ、ふざけた因縁つけてくれるじゃねえか」

「ひーっ」

お店者は蒼白になっている。

矢場の葦簀張りの裏手で、ときおり幾人かが円座を組んで野博打《のばくち》を打っているのは、喜助も雪隠《せっちん》に行ったときに見て知っていた。

「――あれかい、知らねえ面だ。八兵衛さんの手の者じゃねえなあ」

「――一月《ひとつき》ほど前からさ。ときたま来ては丁半の客を集めていやがる。八兵衛さん、知っていなさるのかなあ」

市左が言ったのへ、まわりの〝兄弟〟たちは心配げな表情をつくっていた。そこに

コトが起こったらしい。

「やい。盆茣蓙《ぼんござ》に因縁つけたとなりゃあ、どうなるか分かっているだろうなあ」

「あぁぁ」

お店者は抜身の脇差を突きつけられたままあとずさりし、石につまずいたか崩れ込むように草場に尻餅をついた。顔は恐怖に引きつっている。

ちょいと手慰みにとよせばいいのに小博打に手を出し、負けが込んでにっちもさっちも行かなくなり、思わず〝いかさまだあ〟などと叫んだのだろう。賭場《とば》ではよくあることで、こういう輩《やから》は始末が悪いというより、逆に仕切っている胴元にとってはいいカモになる。脅《おど》しの材料を堅気《かたぎ》のお人がみずからつくってくれているのだ。

「やいやい、見世物じゃねえぞ」

お決まりの口上を吐き、野次馬を追い散らそうとしている与太がもう一人いた。お仲間のようだ。こやつも脇差を抜いた。

「おーっ」

「抜いたぞ、二人ともっ」

野次馬たちはあとずさりした。そのなかに市左も喜助もいる。

町なかでたとえ包丁でも刃物を振りまわせば大騒ぎになる。

「おぉう、どうしなすったい」

出てきた。柳原の八郎兵衛だ。

ざわついていた野次馬たちのなかから、

「あ、土手の親分さん！」

声が立ち、新たな緊張が走った。自分の縄張内《しまうち》で、得体の知れないやつらに野博打を開帳されていたのだ。まさに縄張荒らしだ。

すでに喜助も顔見知りになっている若い衆を二人連れているが、八郎兵衛の面を見るのは初めてだ。年行《としゆ》きは五十がらみか、角顔に金壺眼《かなつぼまなこ》が特徴的で、小柄だが押し出しの効く雰囲気はある。喜助は市左や近辺の〝兄弟〟たちの話から、柳原の八郎兵衛には好感を持っていた。

が、みょうだ。いきり立って脇差に手をかけた若い衆を制し、

「まあまあ、どちらのお人か知りやせんが、ここは一つ穏便に話し合いで」

「なにいっ」

抜刀した与太二人は土地の店頭を弱腰とみたか、一歩前に踏み込むと八郎兵衛は、

「おっと、刃物はいけませんや。収めてくだせえ」

手を前に出し、言いながら一歩下がった。与太は抜身の脇差を手にしたまま一歩踏

み込み、もう一人の与太が勝ち誇ったように、

「やい、見たか。この、ド素人が」

尻餅をついたままのお店者の頬を、抜き身の切っ先でぴしゃりと打った。

「ひーっ」

満座の中でお店者は悲鳴を上げ、さらにあとずさった。

場は与太二人が圧倒しているように見える。

堀部弥兵衛と安兵衛の薫陶を受けている喜助にはそれが許せなかった。

不意に、

「よしねえ」

一歩進み出た。

「あ、兄イ」

思わず市左は、刃物に向かった喜助の袖を引こうとしたが、

「なんだあ、てめえは」

「この町の売人だが、素手のお人に刃物たあ感心しねえぜ」

「なんだと！」

さらに一歩踏み出た喜助は、お店者をいたぶっていた与太と向かい合うかたちにな

った。

「おぉぉぉ」

と、野次馬たちの目は、喜助に向かった。

喜助は市左とおなじ、着物を尻端折に手拭も他の売人たちとおなじ吉原かぶりにしている。異なるのは、木刀を手にしているところだ。

「なんでえ、土手の売人風情がよう」

与太は抜身の刃で喜助の手にある木刀をコトリと叩いた。さらにその行為が、喜助には許せなかった。堀部家では片時も離さなかった中間の木刀だ。

「へん。古物屋の木偶《でく》が小汚ねえ木刀たあ似合ってるぜ」

与太はあざけるように、ふたたび抜き身の脇差で喜助の木刀を叩いた。

つぎの瞬間だった。

「野郎!」

「ぐぇっ」

喜助が腰を落とし木刀を一閃させるなり与太は低いうめき声を上げ、脇差を草むらに落とし、

「痛《いて》ててっ」

右手首を左手で押さえ、数歩よろよろとあとずさった。

それだけではなかった。

瞬時に身をひるがえした喜助は木刀の切っ先を、八郎兵衛に脇差を向けていた与太の喉元にぴたりと当てた。

「な、な、な、なんでえ。おめえはっ」

与太は抜き身を下にだらしなく向け、これも数歩あとずさった。喜助の身はそれに合わせつつつと踏み込み、木刀の切っ先が与太の喉元から離れない。けんか剣法ではない、木刀であっても正眼《せいがん》の構えだ。

「おめえも許せねえぜ」

喜助は木刀を大上段に振り上げた。

「待ちなせえ」

八郎兵衛だ。制止するように一歩踏み出た。

喜助は打ち下ろした。

――カーン
金属音とも拍子木ともつかぬ音が響くなり、

「ううう」

与太は抜身の脇差を草むらに落とし、素手になったまま再度数歩退いた。喜助の木刀は与太の腕でも肩でもなく、脇差を打っていた。八郎兵衛の待ったの声が、効いたのだろう。それでも、

「おぉぉぉ」

「さすが兄イ!」

取り巻いていた男女の野次馬たちから声が上がり、市左も叫んだ。

「お、覚えていやがれ」

「おう。忘れ物だぜ」

お決まりの逃げ口上へ市左から浴びせられ、与太二人は脇差を拾い上げると、

「どけどけぃ」

「邪魔だっ」

悪態とともに人垣の外へ遁《に》げ去り、いたぶられていたお店者も騒ぎに紛れどこかへ消えてしまった。

「へへん。八兵衛親分はぬるすぎやすぜ」

と、市左は調子づいている。

矢場に近い葦簀張りの茶店の縁台に、八郎兵衛の招きで喜助と市左が座っている。縁台は二脚だけで、もう一脚には若い衆らが陣取り、他の客がいないため忌憚《きたん》のない話ができる。

柳原の八郎兵衛が、縄張内で余所者が勝手に野博打を開帳していることに気づかないはずはない。だが、常設まがいの賭場ではなく、八郎兵衛一家はようすを見ていた。というのは、他所の店頭《たながしら》が配下の者を遣《や》って騒ぎを起こさせ、それを縄張を乗っ取る手がかりにするのはよくあることだ。

(その手合いではないか)

と、八郎兵衛一家は慎重に見守っていたのだ。

そこへ、喜助が飛び出たのだ。

「おっ。そんなら俺、余計なことを……。しかし、さっきはああでもしなきゃお店《たな》の人が……」

「そのとおりだ。わしらが出遅れたばかりに、堅気《かたぎ》のおめえさんにしなくてもいい仕事をさせちまった。申しわけねえ」

八郎兵衛は金壺眼の角顔をぴょこりと伏せた。八郎兵衛には余裕があった。もちろん遁走した二人には尾行をつけたが、脇差を叩き落としたのは八郎兵衛の手の者ではなく、あくまで堅気の古道具屋だ。すぐに喧嘩支度をしなければならないような緊迫感はないが、きっかけにはなり得る。

「それにしても喜助さんといったかい、やりなさるなあ。しかもその木刀さばき、まさか喜助さん、もとは……」

武士では、と言いかけたようだ。八郎兵衛は市左以上に喜助の腕を見抜いている。

「へへん。兄イはよう」

「ゴホン」

思わず言いかけた市左を、喜助が咳払いでとめた。伏せたほうがいいと言ったのは市左なのだ。朱鞘の件だけではない。武士ではないが喧嘩安から剣の手ほどきを受けたとなればそれだけで注目され、さらに〝浅野のご家来衆は収まりがつくめえに〟と巷《ちまた》で噂されており、なにか知っていることはないかとしつこく訊かれることになるだろう。

（まずい）

その意識が喜助にはある。

だが、朱鞘のきっかけは欲しい。

「ついでと言っちゃなんでやすが、珍しい刀は知りなさらんか。こう、目立つような、派手な色の鞘に収まっているとかの……」

　堅気でもやっとうに心得のある者が派手な刀に興味を持ち、銘より鞘などの見た目にこだわっても不思議はない。むしろそのほうが町人らしい。

「派手な鞘の刀かい」

「なんなら、窩主買《けいずがい》を経たものでもいいや」

「窩主買？　そんな連中など、派手な目立つものには手を出さねえがなあ」

　八郎兵衛と喜助が話しているのへ、

「派手な刀なら、高田馬場の朱鞘が有名じゃねえですかい。ほれ、喧嘩安の」

　となりの縁台から若い衆が口を入れた。

「ほっ」

　市左と喜助が若い衆に視線を向けた。

「馬鹿野郎」

　八郎兵衛は一喝し、言った。

「いくら高田馬場の旦那が、また浪人をしなすったからって、あんなのがそう簡単に古道具屋にならぶかい。かりにならんでみろい。好事家《こうずか》が詰めかけ、値はまたたく間につり上がらあ。わしだって欲しいぜ。同業に自慢できるからなあ」

「へえ、もっともで」

若い衆は余計な口出しをしたように頭をかいた。

喜助には得るものがあった。好事家……である。どこかに秘匿され、おもてに出ないかもしれない。だとしたら、探すのはさらに困難となる。

「ま、喧嘩安の旦那の朱鞘は無理だが、気にとめておこうじゃねえか。そうそう、市さんよ」

「へえ」

返した市左に、

「喜助さんはおめえんところに長《なげ》え草鞋《わらじ》かい。だったらおめえの見ケ〆料はいらねえぜ。こっちから喜助さんに毎日《めえにち》来てもらいてえくれえだ。ま、きょう遁《とん》ずらした二人の素性はおっつけ判ろうよ。そのときは知らせるぜ」

と、八郎兵衛は喜助にずいぶん好意的だが、あの二人がいずれかの店頭の身内だった場合、喜助の存在が必要になってくるとの判断もある。いずれにせよ、土手の八兵衛こと柳原の八郎兵衛が、喜助に一目《いちもく》置くことになる事件だった。

莚の上にはまだ長持や化粧台などが残っている。

そこへ戻ると、

「いやあ驚きやしたぜ。木刀で抜き身の与太を二人も叩き伏せるなんざあ」

「へへん。俺っちの兄イよ」

寄ってくる両どなりや向かいの〝兄弟〟たちに、市左は胸を張った。

それが奏功《そうこう》したかどうかは判らないが、午後には長持も買い手がつき、かさばる物はおおかたなくなった。小物は〝兄弟〟たちに買い取ってもらい、日の入りにはまだ早いうちから、帰りの大八車はカラとなった。

その大八車を牽こうとしたとき、八郎兵衛一家の若い衆が来て、

「あぁ、よかった。親分が喜助さんと市さんに知らせてこいって。あの二人、どこの身内でもありやせんでした。単なる与太のようで、こんどこの土手で見かけたら、あっしらが追い払いまさあ」

言ったのにはひと安堵した。八郎兵衛がいやに慎重だったように、あらぬ方向へ発展しないか心配だったのだ。

ひと安堵のなかに喜助は大八車を牽いた。

「あしたはなにを売るね。物置には蒲団と、古着もすこしあったが」

「あの類《たぐい》はよ、まとめて〝兄弟〟たちに買ってもらったほうが手っ取り早い」

「じゃあ、売るのはもうねえぜ」

「いや。ある」

牽きながら話している。

「なにが」

「きょう中に洗濯は終わってらあ」

「えっ。きのう見倒した、あれかい」

「あゝ」

確かに物置部屋にかなり積み上げ、きのうの分も合わせれば数はそろっていた。

四

風呂敷でまにあう。二人で背負ってきょうも土手に向かい、場所もきのうとおなじでまわりは古着屋ばかりだが、

「おっ、市さん。きょうはまた色っぽいものを持ってきなすったねえ」

と、〝兄弟〟たちは言う。一品目限りとあってはまわりと競合することはなく、かえっておもしろがってくれる。

市左がきのう物置部屋で、

「――ま、これならどことも競合しねえし、見倒しの仕事がないときに土手で商おうと溜め込んでいたのさ」

品をまとめながら言ったのへ、

「――や、やっぱり、これを俺たちが売るのかい」

と、喜助は戸惑ったものだった。

つまり、おとつい見倒した五枚も含め、紅や桃色の女の腰巻だ。

継ぎがなく色も褪《あ》せていないのは、棒を立て桟《さん》を渡して洗濯物のようにずらりとはためかせ、あまり見栄えのしないのはたたんで莚の上にならべた。

古着と古道具ばかりがならぶ土手の通りで、これは目立つ。前を通った者は一様に微笑《ほほえ》む。洒落《しゃれ》のつもりか、それら色鮮やかな中に男の下帯をちらちらと引っかけている。もちろん売り物だ。

それらに囲まれて座っている。

「こんなのは古着屋が一枚だけ持っていたって買い手はつかねえ。こうしてずらっとならべておきゃあ、かえって女のほうもクソ度胸がついて選べるのよ。ま、二、三日もすりゃあ売れちまわあ」

市左は言うが、風が吹くたびに腰巻が頬や肩を撫で、どうも落ち着かない。売れるには売れるが、

「ちょいと兄さん、もっと安くしなさいよ」

「おかみさん、そんな半値以下は勘弁してくだせえ」

と、度胸のついた女はけっこう粘る。市左と一緒だから紅や桃色の腰巻に囲まれてそういう女たちを相手にできるが、一人じゃとてもとてもといったところか。

二日目になれば、けっこう慣れてきた。

午《ひる》をいくらか過《す》ぎた時分だった。腰巻のはためく前を、婆やと若い品《ひん》のいい女中を連れた、大店《おおだな》のご新造《しんぞ》といった小粋な年増が通りかかった。

「へい、いかがでやしょう。安くしておき……」

「兄イッ、無理。あんなの客にはならねえ」

声をかけようとした喜助の袖を市左が引いた。

が、遅かった。

声は女たちに聞こえ、三人は腰巻のほうへふり向き、

「あっ」

「まっ」

喜助と若い品のいい女中が同時に声を上げた。

なんと若い女中はお家断絶の日、押しかけた手代風の男とお座敷で着物の引っ張り合いをしていた腰元ではないか。あのとき喜助は手代風に体当たりし、腰元は着物を奪い返し奥へ走り込んだ。瞬時のことだったとはいえ、互いに顔を覚えていた。またそれだけの明かりは屋内にも残っていた。

「おまえさまは！」

「あ、あんたは！」

あれからまだ半月も経ていないのに事情が事情のせいか、そこには懐かしさが感じられる。そのようすに小粋なご新造は、

「浅野家のお人ですか」

「はい。いつかお話しました、わたくしを助けてくれた中間です」

「まあ。それはそれは」

新造は好意的な目を喜助に向けたが、腰元は喜助の背後にひらひらするものを見て、

「えっ、おまえさま。こんな商いを！」

ポッと顔を赤らめ、喜助はとっさにそれらを隠すように両手を広げ、

「ち、違うんだ。これには理由《わけ》が」

この成り行きを、市左はきょとんとした表情で見つめている。

「おかみさん、ここは一つ、近くの茶店ででも」

「そうですね」

婆やが気を利かせたのへ、おかみさんと称《よ》ばれた新造はうなずいた。

「おう、ちょいとな」

「へえ、行ってらっしゃいやし」

言った喜助を、市左は呆《ほう》けた表情で見送った。

おととい八郎兵衛と膝を交えた葦簀張りの茶店だ。四人はおなじ縁台に腰を据えた。

武家ではなく、商家の一行ならこそできることだ。

ここで喜助は、あのときの相手がいまはご後室《こうしつ》となった内匠頭《たくみのかみ》の奥方阿久里《あぐり》付きの奥女中戸田局《とだのつぼね》に付いていた腰元で、奈美《なみ》という名であることも初めて知った。喜助の話で奈美も、

「え、それではおまえさまは弥兵衛さまにお仕えし、安兵衛さまに剣術の指南を受けていた……、あの堀部家のお中間さんでありましたか」

と、初めて知った。堀部家では中間にまで武術を薫陶《くんとう》していることは、屋敷内でもかなり知られていたらしい。この〝元堀部家の中間〟には、おかみさんと称ばれた新

造も、なにがしかの興味を持ったようだ。小粋な新造は、日本橋北詰《きたづめ》に広がる室町《むろまち》一丁目に暖簾を張る海鮮割烹磯幸《いそさち》の女将《おかみ》だった。小粋なはずだ。

磯幸なら喜助も知っている。弥兵衛のお供で幾度か行ったことがある。それにいまの棲家の伝馬町からも、両国の米沢町と同様、となり町ではないが近い。奈美はいまそこに住み込み、磯幸の娘の養育係りと仲居たちの行儀作法指南をしていた。お家断絶のとき、

「お局さまのお世話にて」

奈美は話し、女将は肯是《こうぜ》のうなずきを見せた。ちなみに戸田局は京都留守居役だった小野寺十内《おのでらじゅうない》の妹である。

「おまえさまは？　あのあといかように」

奈美の問いに、喜助は待っていたようにこれまでの経緯《いきさつ》を話し、

「まあ、それで」

と、ようやく奈美も磯幸の女将に婆やも、喜助が女の腰巻に囲まれていたながれを解し、三人とも手の甲を品よく口にあて笑ったものだった。

「それよりも奈美さん。俺が古物の買取りに出てこの土手にも座っているのは……」

喜助は真剣な表情で、安兵衛の朱鞘の大刀の話をした。

「えっ」

と、奈美は安兵衛の朱鞘があのどさくさに盗み出されたことを初めて知り、縁台は瞬時緊張に包まれた。

「それなら、窩主買《けいずがい》の線をあたれば手がかりがつかめるかもしれません。心がけておきましょう」

さすがに料亭の女将か世事に明るく、奈美とのつながりもあるせいか喜助への言葉は好意的だった。

女将は奈美と婆やを連れ両国広小路へ芝居見物に行き、柳原土手を散策がてら日本橋に帰る途中だった。

茶店から戻ってきた喜助に、

「へっへっへ。どなたですかい、あのきれいな女性《によしよう》は。大店《おおだな》の奥向き女中って風情でやしたが」

市左は腰巻のあいだからぬっと顔を出し、さっそく問いを入れた。

「おめえの想像するようなもんじゃねえが、大店のお女中ってのは合ってらあ」

言ったが、市左に隠す理由はない。喜助は話した。

「へぇえ、武家奉公のお人でしたかい。どおりで締まりのあるお顔でやした」

市左は納得したように返した。

「ちょいと兄さん、そっちにたたんであるのも見せておくれよ」

長屋のおかみさん風の三人連れが莚の前にしゃがみ込んだ。

「へいっ、見ていってくださいやし」

女たちと市左のやり取りが始まった。継ぎのあたった腰巻一枚買うにも、女たちは三人がかりだ。

売れた。

陽がかなりかたむいた時分だった。腰巻は減り、男の下帯はおまけにつけたりしてもうなくなっている。

小間物商いのお島が来た。売り物の品を入れた縦長の柳行李《やなぎごうり》を背負っている。

「おっ。また急な買取りの口を持って来たかい」

「きょうはそんなんじゃないよ。どうも気になるから、それを話しに来たのさ。よいしょっと」

お島は背の行李ごと莚に座り込んだ。

気になるというのは神田明神下の、夜逃げを助けた母娘三人に関わる話だった。きのうもきょうもお島は明神下の長屋に行き、話を聞いたという。なんとも尾を引きそうなようすになっているらしい。

見倒した翌日、与太風の借金取り二人が来て部屋がもぬけの殻《から》になっているのに驚き、長屋の住人にわめき散らして訊いたが行く先は分からず、腰高障子を数枚蹴って帰ったという。

「それがきょうも来たって。またわめき散らし腰高障子を蹴り飛ばして帰り、捨て口上に行方が判るまで来るからなあだって」

「よくあるのかい、そんなことが」

「ま、ねえこともねえが。そのうち借金取りも、あきらめて来なくなるさ」

喜助が訊いたのへ市左は応えたが、

「そうは言うけどさあ。あれはあたしが持って来た話じゃないか。それで路銀まで餞別で工面した長屋のお人らに迷惑がかかったんじゃ、あたしゃ寝覚めが悪いし、あの近辺で商売ができなくなっちまうよ」

お島は言う。もっともな言い分だ。

さきほど、おととい夜逃げをした娘の腰巻が二枚、見倒したときの六倍ほどの値で売れたばかりだ。

「うーん」

市左はうなり、

「だがよ、薬料の取り立てに肝心の医者が来ねえで、なんで与太みてえな野郎が来るんだい。おかしいじゃねえか」

「ほっ。そういえばそうだ」

「ともかく、あした兄イと一緒にあの長屋へ行ってみらあ。よござんすかい」

「あぁ、いいともよ」

市左が言ったのへ喜助はうなずいた。

「そういえばみょうだけど、あたしもまた行ってみるよ。ともかくなんとかしておくれよ」

と、この日は三人そろって伝馬町に帰った。

きょうはなんとも喜助に関わることが多い日か、棲家に戻り風呂敷包みを部屋に降ろすなり縁側の外に下駄の音が響き、

「喜助さん、喜助さん」

と、声は奥の長屋のおかみさんだった。両国米沢町の乾物屋のあるじというのが来て喜助に、

「──弥兵衛のご隠居とかいう人から、帰り次第すぐ浪宅へ来るように」

との言付《ことづ》けがあったという。

「ご隠居に言われたんじゃ行かなきゃならねえ。ちょいと走ってくらあ」

「もう奉公人じゃねえのに、律儀な人だねえ、兄イは」

と、市左の声を背に喜助は尻端折のまま雪駄《せった》を引っかけ、玄関を飛び出した。

帰ってきたのは、すっかり暗くなってからだった。浪宅で堀部家の家紋入りの提灯を借りていた。

「喧嘩安の旦那もいなすったかい。で、用件はなんだったのだい」

市左は心配げに訊いた。また奉公に戻って来いなどと、そのようなことを喜助の飛び出したあと心配していたようだ。

「あしたの朝なあ、この提灯を返しに行ってよ、そのまましばらく帰《けえ》って来ねえ」

「なんだって！」

驚きであると同時に、言っている意味が分からない。

市左はしつこく訊いた。

それに根負けしたか、

「安兵衛さまのお供で、播州の赤穂に行く。だからあしたはここから、紺看板に梵天

「なな、なにをしにでえ」

「赤穂？　浅野家の所領だった……な、な、なにをしにでえ」


帯で出る」

「赤穂？　浅野家の所領だった……な、な、なにをしにでえ」

市左の脳裡には一瞬、

（まさか籠城のお供！）

走ったのかもしれない。

「訊くねえ。俺も知らねえ。ただ、挟箱持《はさみばこもち》でお供するだけだ」

二人のやりとりはつづき、

「高田馬場の旦那のお供なら仕方ねえ。明神下の長屋の件も、俺とお島さんでなんとかすらあ」

と、みょうな理由で納得も承知もし、

「路銀が入り用でやしょう」

油皿に灯芯一本の灯りのなかで、居間の畳を上げにかかった。

床下に隠し穴があり、そこの壺に二十両あまりの金子《きんす》が入っている。十両は喜助の持ってきたものだが、市左も大口の見倒しに出合った場合に備え、そのくらいの蓄えはある。

「それには及ばねえよ。お供の中間は路銀を持ったりしねえ」

「でもよ、お江戸から赤穂までって片道十四、五日はかかるんじゃねえのかい。旅の空でちょいと一杯やりてえときもあろうよ」

と、市左はきのうきょうの売上げを巾着ごと喜助の膝の前に押しやった。

五

翌朝、日の出の時分である。紺看板を着《つ》け木刀を梵天帯に差して出かける喜助を、

「きょうにも明神下の長屋をちょいとのぞいてみらあ」

と、市左は玄関の外まで出て見送った。そのことは喜助も心残りだ。弥生があと数日で卯月《うづき》（四月）に変わるという日だった。

このときすでに内匠頭近習《きんじゆう》であった片岡源五右衛門《かたおかげんごえもん》と礒貝十郎左衛門《いそがいじゆうろうざえもん》が赤穂に発《た》っており、堀部安兵衛は高田郡兵衛《たかだぐんべえ》と奥田孫太夫《おくだまごだゆう》の二人と、そのあとを追うように江戸を発ったのだ。喜助はその三人に随ったことになる。

喜助が発ってから数日が経ち、すでに夏を感じる卯月になっている。

（喜助の兄イは、奴姿で遠い街道を踏むより、俺とお江戸で見倒屋をやっているほうが似合うんだがなあ）

市左には思えてくる。

奥の長屋の住人からも、土手の〝兄弟〟や八郎兵衛たちからも、

「どうしたい。喜助さん、近ごろ見ねえじゃねえか」

よく訊かれる。柳原土手で野博打の与太を木刀で追い払った印象が強烈なのだ。

「ちょいと野暮用で、長《なげ》え草鞋《わらじ》よ」

市左は応え、

「早く帰《けえ》ってきて欲しいんだがよう」

と、本音もぽろりと出す。

お島と明神下の長屋に行ったときなど、とくにそれを痛感した。あの母娘三人の夜逃げの背景には、とんでもない話が横たわっていた。それは市左一人では、如何《いかん》ともしがたいものだった。

それに、奈美が一人で柳原土手に喜助を訪ねて来たことがある。腰巻はもう売り切り、大八車で運んだ蒲団を莚に積み上げていたときだった。それでも市左はどぎまぎしながら〝へえ、長え草鞋を〟と言っただけなのに、

「えっ。まさか播州赤穂に！」

奈美は返し、その場で蒼ざめた表情になった。

「で、どなたと」

「へえ。なんでも、高田馬場の堀部安兵衛さまのお供とか」

「えっ、安兵衛さま！」

奈美はますます緊張し、

「わたくし、行ってきます」

と、その場を離れた。どこへ行くのか、まさかこれから播州赤穂へかと思ったが、土手の通りを両国広小路のほうへ向かった。米沢町の堀部家の浪宅のようだ。

（だが、何をしに）

市左は首をかしげてその背を見送った。同時に、心ノ臓が高鳴ってきた。だがそれは土手でも伝馬町でも、市左一人のものだった。市左は、喜助が元浅野家中でも堀部家の中間だったことはまだ誰にも話していない。

その喜助が播州赤穂から帰って来たのは、卯月（四月）もあと数日で終わるという日の、太陽がかなり西の空にかたむいた時分だった。

最初に気づいたのは奈美だった。所用で外に出て磯幸に帰る途中、

「あっ」

声を上げ、思わず草履《ぞうり》の足をとめた。日本橋の下駄や大八車の響きのなかに、中間姿で挟箱を担いだ喜助の姿を認めたのだ。橋の騒音のなかに長い影を落とし、渡り切ったところだ。一月《ひとつき》余にわたる長旅だった。その数歩前方に武士が三人、

『堀部さま、奥田さま、高田さま！』

思わず声に出かかったのを奈美は抑え、人混みのなかに一歩退いた。胸中にホッとするものを感じた。喜助はむろんだが、安兵衛らに戦ってきたようすはない。

日本橋を過ぎれば弥兵衛の浪宅は近い。

喜助が両国から引き返すように伝馬町に戻ったのは、ちょうど陽が落ちたときだった。お供を解かれ、もう挟箱は担いでいない。市左は棲家に帰っていた。喜助が玄関に入るなり空気で分かったか、

「兄イッ」

廊下に大きな足音を立て、

「嬉しいぜ、兄イ。無事に帰ってくれてよう。西国から戦《いくさ》の噂も伝わって来ねえし、籠城じゃなかろうとは思っていたが。おうおう、やっぱり足も二本そろってらあ」

言いながら廊下を忙《せわ》しなく走り足洗いの水桶を用意し、二人そろって居間へ入ったのと同時だった。玄関に訪《おとな》いを入れる者がいた。女の声だ。長屋のおかみさん連中な

ら縁側から声を入れるはずだ。二人は顔を見合わせた。すぐ誰か分かったのだ。奈美だ。喜助が両国米沢町まで安兵衛に随い、伝馬町に戻ってくる時間をみて訪いを入れたようだ。棲家の場所は土手で会ったときに話したが、直接来るのは初めてだ。しかも一人である。市左は玄関に急ぎ出て、

「むさいところでやすが、ま、お上がりくだせえ」

と、奈美を居間に通した。

奈美は応じ、端座した喜助と対座するなり、

「お疲れのところも顧《かえり》みず押しかけましたる段、お赦《ゆる》しくださりますよう」

膝の前に両手をつき、ふかぶかと頭を下げた。武家の作法だ。喜助はまだ中間姿のままであり、市左はこのような作法の実物を見るのは初めてだ。それに、かすかに品のある化粧の匂いがするのも、この棲家では初めてのことである。

「い、いったい、奈美さん。どういうことでござんしょう。ともかく頭を上げてくだせえ」

「はい。赤穂のようすは、いかがでございましたでしょうか。お教えくださりませ」

「うっ」

突然の問いに、喜助は戸惑った。市左には、奈美が現われるたびに解らぬことばか

りが増える。

「な、なぜさようなことを」

逆に問う喜助に奈美は、

「さきほど日本橋にて、喜助さんと堀部さま、奥田さま、高田さまを……」

見かけたことを話した。

「あ、あっしはなにも」

市左が喜助に向かって手の平をひらひらと振った。確かに市左は喜助が安兵衛のお供で長い旅に出たことは話したが、赤穂へとは言っていなかった。それは奈美が推測したことなのだ。

喜助はそれを察し、

「奈美さん、聞かねえでくだせえ。奈美さんも武家に仕えていた身なら、お解りのはずじゃござんせんかい」

赤穂では籠城だ、開城だ、いや血盟だと、ひと悶着もふた悶着もあった。中間とはいえ、喜助がそれを見聞きしていないはずはない。城代家老の大石内蔵助《おおいしくらのすけ》が〝開城〟と断を下してから、安兵衛たちは赤穂を離れたのだ。

だが、洩らしてならぬことは洩らしてはならない。喜助はその作法を守っている。

奈美はそれを市左がいるからと勘違いし、思わず市左に視線を向けた。市左はなかなか勘のいい男である。

「さ、さようでござんすかい。ちょ、ちょいと野暮用を思い出しやした」

と、喜助と積もる話があるがそれをあとまわしに腰を上げ、

「おぉう。待て、待て」

言う喜助をふり切るように部屋を出た。

「あぁぁ」

逆に戸惑う喜助の声をあとに、市左の足音は廊下から玄関を出た。

市左はどこでどう過ごしたか、酒のいくらか入ったようすで帰ってきたのは、半刻（およそ一時間）ほどを経てからだった。外はすでに暗くなりかけ、道行くなかには提灯の灯りを手にしている者もいた。

二人がなにを話していたのかは知らない。

「へへ、兄イ。まだお話ですかい」

と、市左が廊下から居間の障子を開けたとき、喜助と奈美は油皿の灯芯一本の灯りのなかで端座の姿勢で向かい合っていた。なにやら硬い空気に包まれていた。赤穂の

ようすをしつこく問う奈美に、

（この女《ひと》も元浅野家の奉公人ならば）

と、ある程度は話さざるを得なかった。

「奈美さん、そろそろお帰りになったほうがようござんせんか」

「さようでございますか」

と、市左の戻ってきたのが一区切りになった。

「お、もうこんなに暗く。灯りはお持ちじゃござんせんでしょう。お送りしやしょう。なあに、磯幸さんならすぐそこでさあ」

喜助は部屋の灯りを受けている障子に目をやり、

「市どん、あのときの提灯があるだろう」

「へえ。物置にありまさあ」

市左はなかば手探りで提灯を出してきて油皿の灯芯から火を取った。提灯に描かれた家紋が浮かび上がった。

「あっ」

奈美が小さな声を上げた。四ツ割の武田菱《たけだびし》を横に二つならべた持合《もちあい》四ツ目結《むすび》の家紋は、堀部家代々の紋所である。赤穂へ出立《しゅったつ》の前日、弥兵衛の浪宅から借りて帰っ

たのをまだ返していない。木刀を腰に、それをいま手にしている。歩きながら、

「血盟に安兵衛さまがお加わりになったのなら、ご老体の弥兵衛さまもそうなさるでしょうか」

「私は中間で、きょう米沢町の浪宅でも、座敷には上がりやせんでしたから」

提灯に浮かんだ家紋から話題を取ったか、奈美が言ったのへ喜助は通り一遍の口調で返した。

神田の大通りに出た。割烹の磯幸はすぐだが、通りはすでに提灯の灯りがわずかに動くのみとなっている。

「喜助さん。赤穂からお帰りになったばかりなのに申しわけありませんが、ご迷惑ついでにもう一つ」

奈美は歩をゆるめて言った。

「へえ、なんでやしょう」

「赤坂《あかさか》の南部坂《なんぶざか》まで、近道を取ってもらえませんか」

「えっ」

神田が江戸城の東手なら、赤坂は西手になる。

「かようなこと、磯幸の男衆《おとこし》さんには頼めないのです。あぁ、ちょうどようござい

ました」

小田原提灯を点けた町駕籠が通りかかり、

「へい。戻り駕籠で」

と、声をかけてきたのだ。女中一人で乗れば、どんな法外な酒手を吹《ふ》っかけられるか分からない。喜助は堀部家の家紋入りの提灯を手に、駕籠に伴走するかたちになった。まだ中間姿のままだ。日本橋を経るより、江戸城外濠《そとぼり》に沿った往還に入ったほうが近道になる。

走りながら、

（はて？）

首をかしげた。

――赤坂の南部坂
聞いたことがある。

（あっ）

すぐに思い出した。いまは後室《こうしつ》となった奥方阿久里の実家が備後《びんご》三次《みよし》の浅野家で、その下屋敷が赤坂の南部坂にある。

内匠頭刃傷のあの夜、女乗物が鉄砲洲の上屋敷を出るとき、

「――南部坂に向かわれるそうじゃ」

誰かが言ったのを聞いている。

「奈美さん。戸田のお局さまもそちらで？」

「はい。瑤泉院《ようぜんいん》さまのお側に」

走りながら喜助は駕籠の中に問いを入れると、すぐに返ってきた。

「瑤泉院？」

「奥方さまはすでに、仏門に帰依《きえ》、されておいでなのです」

「へぇえ」

と、このとき喜助は初めて瑤泉院なる後室《こうしつ》の新たな名を知った。

奈美が中から駕籠を停めたのは、果たして三次浅野家の下屋敷だった。奈美が裏門の潜り戸を叩くとすぐに開き、しばらく待つと提灯を手にした腰元が出て来た。腰元は喜助の持つ提灯を見るなりハッとした表情になった。奈美とのやりとりから、浅野家上屋敷からの僚輩のようだ。

「きょう、堀部さまらお三方が赤穂よりお戻りになられ」

「えっ。それなら至急お局さまに」

腰元は急ぐように奈美の袖を取った。

「あ、喜助さん。さらなるお手数、申しわけありませぬが、このことを磯幸へ。南部坂と言えば分かります。帰りは明日になると」

「へ、へい」

返事と同時に潜り門が閉じられ、門外には喜助一人が残された。

(奈美さん、人使いが荒いぜ)

と、腹が立つより、腰元相手に片膝まではつかないものの、武家の中間がまだつづいているような気分になった。

外濠沿いの往還に入った。中間姿で武家の提灯を手にしていると、武家地の辻番所の前を通っても誰何《すいか》されない。

(おっ、こいつは重宝《ちょうほう》だ。この提灯、もらっておこう)

などと思いながら外濠の往還に歩を速めた。夜風に石垣を打つ水音が聞こえる。

いまごろ奈美は戸田局に、喜助の語った内容を話していることだろう。奈美が、一緒に門内へと言わなかったのも納得できた。中間ではたとえ庭先にうずくまっても、ご後室に直答できる身分ではないのだ。そこを奈美は心得ている。

さらに思えてきた。

赤穂のようすが知りたいのなら、直接米沢町の浪宅に行けばいいものを、奈美はそれをしない。

（そうか。どこに誰の目が光っているか知れないからか）

と、きょうの奈美の身勝手なふるまいも解した。

同時に、奈美がなぜ戸田局の世話で日本橋の磯幸に入ったかも、

（そういうことかい、奈美さん）

と、分かったような気分になった。

足は数寄屋橋御門《すきやばしごもん》のあたりで外濠沿いの往還を離れ、灯りの消えた町場を経て東海道に入り、日本橋に雪駄の音を響かせれば磯幸は目の前だ。すでに軒提灯も暖簾も下げ、雨戸も閉まっている。路地の奥のほうに灯りが見えるのは飲み屋か屋台だろう。

雨戸を叩き訪《おとな》いを入れると、磯幸でも奈美の帰りが遅いので女将が心配し、男衆が伝馬町の市左の棲家まで行ったという。奈美は磯幸に行き先を告げていたようだ。

伝馬町の棲家に帰り着いたのは、夜もすっかり更けた時分となっていた。

市左は灯りを点け、喜助の帰りを待っていた。

「へっへっへ、兄イ。遅かったじゃねえですかい。あの奈美さんとかのお女中、綺麗なお人でやすからねえ」

「なにぃ。みょうなことを考えやがると承知しねえぞ」

喜助の強い口調に市左は驚き、肩をすぼめた。市左にはそれが、かつて木刀の切っ先を喉元に突きつけられたときよりも、迫力のあるものに感じられた。

「きょうはもう疲れた。おめえ、なにか話したそうだがあしただ」

「へえ。神田明神下のことで」

「えっ」

喜助は瞬時反応を示した。早く聞きたいところだが、もう疲れている。

「ともかく、あしただ」

「なんでえ」

市左は用意していた酒を一口あおり、不満そうに油皿の火を吹き消した。

六

一月《ひとつき》ぶりの棲家で旅の緊張が解けたか、すっかり朝寝坊をしてしまった。市左もそれに倣《なら》ったか、雨戸を開けたときには高く昇っていた太陽が、

「うわっ」

と、障子の内側でもまぶしく感じられた。

「うひょーっ。久しぶりだぜ、兄イ」

朝の市左の歓声も一月《ひとつき》ぶりだ。喜助は手造りの味噌汁に具を多めに入れ、納豆まで入れて納豆汁にし、昼めしも兼ねる膳となった。

食べている最中だった。玄関に男の訪《おとな》いの声が入った。

「おっ。あの声は、また来たかい」

市左が座を立った。

「どうしなすったい。うちの兄イはとっくに帰《けえ》っているぜ」

「いえ、そのことじゃござんせん」

聞こえたので喜助も玄関に出ると、磯幸の半纏《はんてん》を着けた年寄りだった。

「これは喜助さんですかい。いらしてよござんした。けさ早う奈美さんは帰って来なさんして、これをここへ届けてくれ、と」

「おう、父つぁん。きのうは無駄足になって、きょうはこんなものを持って来てくれたかい。すまねえなあ」

と、市左が受け取った。菓子折りだ。きのう女将に言われてここへ来たのはこの男衆だったようだ。

居間に戻り、箱の包みを開けると落雁《らくがん》だった。甘い落雁は、喜助もときどき口にしていた。というのは、堀部家で和佳と幸の好物だった。奈美は家紋だけでなく、それも知っていたようで、そこのお中間さんなら幾度か口にしていたろうと気を利かせたようだ。昨夜の身勝手を詫びる、鄭重《ていちょう》な文《ふみ》も入っていた。やはり奈美はきのうの人使いを、悪かったと思っているようだ。

めしの最中だったが、

「こいつは珍しいや」

と、さっそく市左が一つ小さく割って口に入れた。無理もない。どこの菓子屋でも買えるといったものではなく、さすが日本橋といえる箱入りで、見栄えのする品だったのだ。

「うひょーっ、こいつはうめえ」

納豆汁に落雁は合わないが、市左はまた歓声を上げた。喜助も一つ口に入れた。

「おうっ」

と、確かに堀部家でときどきおこぼれに与《あず》かっていた甘さと歯ごたえだった。浪人となったいまでは、もうこのようなものは口にすることはあるまい。浪宅に持って行こうかとも思ったが、元中間が一度開けたものを持って行くことなどできない。

「市どん。奥の長屋の人らにもおすそ分けしてやりねえ」

「もったいねえが、そうするか」

と、落雁の箱はひとまず横に押しやり、ふたたび納豆汁の朝昼兼用の食事が始まった。そのなかに、

「ところで市どんよ、きのう言いかけた明神下の話よ。あれはどうなったい。道中でも赤穂にいるときでも、ずっと気になってなあ」

「そう、それそれ」

市左は納豆汁をごくりとすすり、

「根が深《ふけ》えようだぜ。お島さんも気に病《や》んでらあ」

と、深刻な表情になった。

喜助は箸を持つ手をとめ、市左に視線を釘づけた。

市左は話した。

「あの母娘よ、亭主が寝込んでから嵌《は》められたのよ」

「嵌められた？　どういうことでえ」

「あそこはもともと貧乏長屋なのに、亭主が長患《ながわずら》いじゃますます落ちていかあ。そこへ年ごろの娘がいたらどうなる。しかも二人もよう」

「金貸しかい。娘をカタに」

「そんな見え透いた手じゃねえ。親切な医者でよう」

「じれってえぜ。早く手の内を明かしねえ」

「そう、手の内よ。薬料はいつでもいい、と医者は言う。そこでつい高価な朝鮮人参にまで手を出す。医者はいいからいいからと、薬料の証文だけで次からつぎへと」

「あ、分かった。その始末に与太が二人」

「そうさ。だがよ、ただの始末じゃねえぜ。そいつらよ、医者の手下《てか》じゃねえ。歴《れき》とした商売人、始末屋よ」

「おい、じれってえぜ」

「へへ、慌てるねえ兄イ。まだ先があらあ。その始末屋よ、医者から薬料の証文を買取ってから取立てに出るって寸法よ」

「えぇえ！　そこで薬料のカタに娘を出せと。ところが母娘は夜逃げ。いい気味じゃねえか」

「そうはいかねえ。始末屋にすりゃあ薬料の証文に、大枚の金をつぎ込んでらあ。そいつらにも分《ぶ》はあるぜ」

「ふむ。そうとも言えるなあ」

「そうさ、ハイそうですかとは引き下がれねえ。あくまでも逃げた先を突きとめようと、長屋へ幾度も幾度も。そんなうるせえ空き部屋に、新たな借り手はいねえ。大家も困っているらしいや」

「ふむ」

喜助は得心のうなずきを入れた。市左の言うとおり、始末屋にも分があるのだ。

「ま、これをどうするか。俺も一度面《つら》を見ておこうと、あの長屋の住人の部屋に隠れてよ」

「来たかい」

「来た、来た。面を見てぶっ魂消《たまげ》たぜ。誰《だれ》だと思う」

「まさか、土手の八兵衛？」

「違う、違う。八兵衛さんにそんな悪知恵はあるかい。あの人はまあ善人だ」

「だったら誰なんだい。早く言えよ」

「うふふふ」

「なんでえ、気色《きしょく》悪い」

「ふふふ。ほれ、いつぞや土手の矢場の裏で、兄イが木刀一本で追い払ったあの与太どもよ」

「なんだって！」

「へへ。それで八郎兵衛の親分さんに、まだわけは話しちゃいねえが、やつらの塒《ねぐら》は聞いておきやしたぜ」

「どこだ」

「両国橋を渡ってすぐの本所元町《ほんじょもとちょう》でさあ」

「なに！　近くじゃねえか。それにあそこは回向院《えこういん》の門前町つづきで、ごちゃごちゃと町家がひしめいているぜ」

「そのとおりで。八郎兵衛一家の若い衆に詳しく場所を聞いて、行ってきやした」

「ほう」

「ここよりも小増《こま》しな一軒家で、あれなら八郎兵衛一家が、いずれかの店頭の手の者じゃねえと安堵したのもうなずけらあ。男二人暮らしでよ、名は権八《ごんぱち》に助次郎《すけじろう》とか。いつも違ったご面相の安化粧女が出入りしていて、けっこうおもしろおかしく日々を過ごしているらしいや」

市左はなかば羨《うらや》ましそうに言い、

「権八と助次郎め、明神下の長屋のお人らに、母娘の居所を言わねえと火を付けるぞなどと脅しをかけたらしくって」

「なんだと」

「だからよう、母親のほうが近いうちに挨拶《あいさつ》に来ることになっているから、そのとき住まいを聞き出すからそれまで待ってくれ、と言っておけと長屋の連中に智慧をつけておきやしたのさ」

「ほんとうに帰《けえ》って来るのかい」

「帰って来るはずなんざありやすかい。帰って来るってのはつまり、兄イでさあ」

「なんだと。それで、智慧をつけたのはいつのことだ」

「三日前《めえ》で。なあ、兄イよ。こりゃあなんとかしなくっちゃならねえぜ。お島さんもすっかり滅入ってよ。あの母娘三人、とんだ置き土産を残していきやがったもんさ」

「うーむ」

喜助はうなった。

七

朝昼を兼ねためしが終わってからだった。

「行くぜ」

「へえ」

二人は伝馬町の棲家を出た。奥の長屋にちょいと顔を出したが、小間物屋のお島はとっくに商いに出ていた。神田明神下の長屋に行って医者の名と所在を聞き、その周辺と本所元町に行って権八と助次郎の周辺を洗おうというのだ。

「――町医者といえど、吝《けち》な野博打をやってやがるような与太に薬料の証文を売るなんざ、まともとは思えねえ」

「――そういうことでさあ。その医者の面《つら》も見てみてえ」

と、二人は話し合ったのだ。お島がいれば聞き込みにも便利なのだが、

「――なあに、神田の明神下も本所もお島さんの商い場でさあ。どこかでばったり出会うかもしれやせんや」

市左は言っていた。

権八や助次郎の与太の近辺を洗うと、窩主買にもたどりついて安兵衛の朱鞘や逃亡中間の助造を找《さが》すきっかけが得られるかもしれない。朱鞘には、助造が関わっているのは間違いないのだ。

二人のいで立ちは、単《ひとえ》の着物を尻端折に腰には木刀ではなく脇差を差し込み、権八や助次郎と町角でばったり出会ったときの用心に笠をかぶって顔を隠している。卯月

といえばもう夏の季節で、町なかで笠をかぶっていても奇異ではない。だが刀を帯びたのでは、二人とも権八や助次郎らと同類の与太に見える。

喜助の脇差は安兵衛餞別のものだ。棲家の物置部屋には市左が見倒した刀が幾振りかある。そのなかの脇差一本を市左は腰に差したのだ。喜助が鑑《み》るとほとんど鈍刀だったが、なかには名刀の類ではないが、見倒した額の数十倍の値がつけられそうなものもあった。

「――へへ。まとまれば古道具屋に持ち込むか土手にならべようかと思っているのでやすが、そのときはよろしゅう目利きを頼みやすぜ」

市左は言っていた。

二人の足は神田の大通りに出て筋違御門の火除地に入った。屋台や大道芸人にそぞろ歩きの諸人《もろびと》らで、相変わらずのにぎわいだ。そのなかに歩を拾い、

「こんなこと、よくあるのかい」

「よくじゃねえが、たまにはね。ま、こっちも商いだからいちいち関わっちゃおられねえ。だがよ、今回は兄イが一緒だ。それで赤穂からの帰《けえ》りを待っていたのさ。関わるのもおもしろかろうと」

市左はその気になっている。

話しているうちに足は筋違御門の橋を渡り、明神下に入っていた。

長屋の路地を踏むと、

「あ、見倒屋さん。これはあのときのご同業も」

年寄りの住人が腰高障子から出てきて笠の中をのぞき込み、二人のいで立ちに視線を這《は》わせた。脇差を帯び、しかも履物は雪駄ではなく草鞋《わらじ》の紐《ひも》をきつく結んでいる。これでたすき掛けでもすれば喧嘩支度だ。

腰高障子にすき間をつくり、目だけをのぞかせている部屋もある。住人たちは障子戸を蹴られたり怒鳴られたりで、迷惑がるというより怯《おび》えているようだ。その権八や助次郎と、喜助たちはおなじようないで立ちをしている。

「ほれ、このめえ話したろう。俺の兄イはやっとうを持てば凄腕だと」

「あぁ。そりゃあ聞いたが、困るよ見倒屋さん。相手が与太だからといって、長屋《ここ》で刃物なんか振りまわされたんじゃあ」

年寄りの住人は、露骨に迷惑の色を表情に見せた。

「分かってらあ、そんな派手なことはしねえ。やつら二人の塒《ねぐら》は突きとめたし、お医者の名と住まいを聞きてえと思ってよ。それもここで揉め事を起こしたくねえからと思ってくんねえ」

市左が言うと年寄りの住人は医者の名も住まいもすんなり話したが、

「見倒屋さん、それに同業のお人」

と、喜助もすっかり市左の同業にされてしまっている。

「じゃがよ、ほんとうに長屋で面倒は起こさねえでくれよう。わしら、あいつらが来るだけでも困ってるんだから」

まわりの腰高障子の目がうなずいているのを、喜助も市左も感じ取った。

二人は長屋の路地を出た。

「まったく、夜逃げってのは罪だなあ」

「分かってやすよ。それでも逃げなきゃならねえ人らが、このお江戸にはいっぱいいるってことさ」

話しながら歩いている。

医者は本道《ほんどう》（内科）医で村井仁秀《むらいじんしゅう》といった。

（もっともらしい、いい名じゃねえか）

喜助も市左も皮肉を込めて思い、その住まいが権八たちとおなじ本所元町と聞いたときには、

「なるほど」

「ほう」

と、同時にうなずいたものだった。

二人はこれからその本所元町に行こうとしている。〝兄弟〟たちに脇差を差し草鞋をきつく結んだ喧嘩支度もどきの姿など見せられない。

神田川の北側の往還を取った。対岸にゆるやかな川原に柳並木の土手が見える。北側は崖の下に川が流れており、道幅は大八車がゆっくりとすれ違えるほどの幅はあるが、かなり危ない。昼間のいまも武家地ではないのに、対岸の柳原と違って人影はまばらだ。

「へへ。夜に酔っ払いがこの道をふらふら歩き、川に落っこちておぼれ死んだなんて話もときどき聞きやすぜ。くわばら、くわばら」

言いながら市左は崖の下をのぞき込み、歩を道のなかほどへ戻した。

その先の浅草御門の橋かもうすこし先の柳橋を渡れば両国広小路で、本所への両国橋はすぐそこということになる。

「川に落ちたら、あとは柳橋をくぐって大川に流れ出て」

「そう、橋桁《はしげた》に引っかからなきゃ、そのまま海へってことにならあ」

話しながら歩を進めていると、

「あらあ、市さんと喜助さんじゃないの」

脇道から出てきた女行商人に声をかけられた。お島だ。笠をかぶっていても分かるはずだ。

「いまごろこんなところを歩いて。それになんなの、その格好は。えっ、喜助さん、いつ帰ったのさ」

お島は腰の脇差と足の草鞋に視線を向けた。

「きのう、夜遅くだ」

「それよりも、ちょうどよかったぜ」

と、市左は旅から帰った早々の喜助と一緒に出てきた理由《わけ》を、崖の道で三人立ち話のかたちで語った。

「えっ」

と、お島は始末屋が権八と助次郎であり、医者が村井仁秀であることを聞くなり驚きの声を上げた。

お島はそれらの名も住まいが本所元町であることも知っていた。元町は商いの範囲なのだ。そやつらにまつわる噂はよく聞く。ただ、明神下の長屋にはその後あまり足を向けておらず、関わりになるのを恐れて医者や与太たちのことは敢えて訊かなかった。だからお島は、あの長屋で面はまだ見ていなかった。

しかし、

「あいつら。あっ、やっぱりぃ」

関心を示し、これまでの行商で小耳にはさんだことを、小間物の荷を背負ったまま話しはじめた。

驚くよりも戦慄《せんりつ》さえ覚えるその内容に、

「ほんとうかい」

「許せねえぜ」

喜助と市左は思わず声を洩らした。

三　始末屋

一

三人の足は柳橋を渡り、広小路を経て両国橋に入った。

　橋板は長くつづき、大八車や下駄、雪駄や荷馬のひずめの音が重なり合い、そこに諸人《もろびと》の息吹が感じられる。橋の中ほどで、

「お島さん。もっと詳しく聞かせてくれねえか」

「いいともね。あたしも話したいよ」

　喜助が言ったのへお島は応じ、背の行李を橋板の上に降ろした。

　そのお島を挟むように、喜助と市左も欄干へ寄りかかるように手をかけ、川面《かわも》に視線を投げている。ゆったりとした荷船に、人を乗せ足の速い猪牙舟《ちょきぶね》など、大小の船が

101-8405

書籍のご注文は82円
アンケートのみは52円
切手を貼ってください

東京都千代田区三崎町2-18-11

二見書房・時代小説係 行

ご住所 〒	
TEL - -	Eメール
フリガナ	
お名前	（年令 才）

※誤送を防止するためアパート・マンション名は詳しくご記入ください。

14.07

愛読者アンケート

1 お買い上げタイトル
(　　　　　　　　　　　　　　　　　　　　　　　　　　　　　　)

2 お買い求めの動機は？（複数回答可）
□ この著者のファンだった　□ 内容が面白そうだった
□ タイトルがよかった　□ 装丁（イラスト）がよかった
□ 広告を見た　　（新聞、雑誌名：　　　　　　　　　　）
□ 紹介記事を見た（新聞、雑誌名：　　　　　　　　　　）
□ 書店の店頭で　（書店名：　　　　　　　　　　　　　）

3 ご職業
□ 会社員 □ 公務員 □ 学生 □ 主婦
□ 自由業 □ フリーター □ 無職 □ ご隠居
□ その他（　　　　　　　　　　　　　　　　　　）

4 この本に対する評価は？
内容：□ 満足 □ やや満足 □ 普通 □ やや不満 □ 不満
定価：□ 満足 □ やや満足 □ 普通 □ やや不満 □ 不満
装丁：□ 満足 □ やや満足 □ 普通 □ やや不満 □ 不満

5 どんなジャンルの小説が読みたいですか？（複数回答可）
□ 江戸市井もの　□ 同心もの　□ 剣豪もの　□ 人情もの
□ 捕物　□ 股旅もの　□ 幕末もの　□ 伝奇もの
□ その他（　　　　　　　　　）

6 好きな作家は？（複数回答・他社作家回答可）
(　　　　　　　　　　　　　　　　　　　　　　　　　　　　　　)

7 時代小説文庫、本書の著者、当社に対するご意見、
ご感想、メッセージなどをお書きください。

ご協力ありがとうございました

櫓に水音を立て行き交っている。

話している内容は、川面の船のように、決してのどかなものではない。だが人目にさらされたそこでは、身近につかれない限り立ち聞きされる心配はない。

「元町の界隈で聞いた話なんだけどさ」

あらためてお島は聞いた話と断りを入れ、

「権八と助次郎とかいう与太と、医者の村井仁秀は結託しているようさ。それだけじゃないよ。無類《むるい》の悪党さ、村井仁秀ってやつは」

三人のすぐ背後を急ぎの大八車が駈け抜け、車輪の音とともに橋板の振動が三人の身にも伝わってきた。

「あいつはヤブでも医者さ。患者に死期が迫ればおよそ分かるじゃないか。そのときになってから、薬料の証文を権八と助次郎に売るのさ。患者がどんなに貧乏で、支払う余裕がなくても仁秀は損をしないって寸法さね」

「なるほどなあ、その証文を持って権八と助次郎が患者の家に乗り込む……か。いきなり与太に乗り込まれたほうは驚くだろうなあ」

「それも年ごろの娘がいる家を狙って、か。証文を売るほうも買うほうも、俺たち見倒屋よりもタチが悪いぜ」

喜助が言ったのへ市左がつないだ。

「おっとっとい」

町駕籠が三人の背後すれすれに駈け、その風を背に感じた。

「それだけじゃないよ」

お島は言い、ごくりと唾《つば》を呑み込んだ。

「その仁秀さ。権八と助次郎にせっつかれれば、薬湯にちょいと仕事を加え、患者の死期を早めたりもするらしいよ」

「なんだって！」

「そ、それってよ、殺しじゃねえのかよ！」

両脇から喜助と市左が同時にお島の横顔に視線を向けた。

「あぁっ」

お島だ。すぐ眼下《がんか》で釣り船と猪牙舟がぶつかりそうになり、

「よかったあ」

猪牙舟が巧みな棹さばきで釣り船を避けた。

「よかったじゃねえぜ。その人殺し医者の仁秀よ、そんなことをいっぱいやってやがるのかい」

「それをこれから聞き込みに行くんじゃないか。あたしゃこれまで、何気なく聞いていただけで、その気になって訊いたことはまだないのさ」

市左が言ったのへお島は応えた。神田明神下の母娘たちの夜逃げ話を市左に持ち込んだのが自分であるせいか、すっかりその気になっている。

三人は欄干から手を離し、お島は行李を背に担った。

橋の騒音を抜け、元町に入った。喜助はこれまで、弥兵衛や和佳のお供で本所の回向院をはじめ、深川の霊巌寺《れいがんじ》や富岡八幡宮《とみがおかはちまんぐう》などへお参りに行くとき、いつも本所元町の地を踏んでいた。だが、町の枝道や路地に入るのはこれが初めてだ。

八郎兵衛一家の若い衆から聞いたとおり、権八と助次郎の塒《ねぐら》はすぐに分かった。民家が雑多に建ちならぶ角で、伝馬町の棲家よりは小増《こま》しな家作だ。

「けっ。昼間から雨戸を閉めてやがるぜ」

玄関前を通り、市左は笠の前をすこし上げた。留守のようだ。

村井仁秀の居宅はさらに分かりやすかった。お島は入ったことはないが、門前は幾度も通ったことがある。板塀に囲まれた家で、冠木門《かぶきもん》の柱には厚い板に〝本道医　村井仁秀〟と大書された看板が掲げられている。門扉《もんぴ》は閉まっており、なるほどその門構えから行商人のお島が行李を背に気軽に入れそうな雰囲気ではない。

三人は門の前を通った。

喜助も笠の前を上げ、

「みょうだなあ」

つぶやいた。門扉や門柱はそれなりに年季が入っているが、看板はまだ新しく木目《もくめ》まで見えるのだ。

通り過ぎた。

通りかかった長屋のおかみさん風の女が、

「あら、お島さん。また寄っておくれよ、買いたい物があるから」

「あ、じゃあこのあとすぐ行きますよ」

声をかけてきたのへ、お島は愛想よく返した。

女はそのまま通り過ぎたが、一緒にいた喜助と市左を訝《いぶか》しげに見ていた。脇差を腰に笠をかぶり、尻端折に草鞋の紐をしっかりと結んでいる。なかば喧嘩支度のいで立ちでは、権八と助次郎のお仲間か逆に殴り込みに来たかと間違われ、町の人に聞き込みも入れられない。

「あとはあたしが仕事がてら噂を拾っておくよ」

「おう、頼むぜ」

と、きょうの聞き込みはお島に任せ、喜助と市左は場所と周囲の地理を確かめただけで引き上げることにした。太陽はすでに中天を過ぎていた。

午後は棲家の縁側で刀の整理に費やした。修理の必要な鞘《さや》は鞘師《さやし》に持ち込み、刃こぼれや錆《さび》のある刀身は砥師《とぎし》へ出すことにした。疵物《きずもの》の鈍刀でも手を加えれば、加えた以上の値で売れる。元値は市左がことさら安く見倒しているのだ。儲けはいっそう大きなものとなる。

二人は居間に戻った。陽はかなりかたむき、お島の帰りを待った。たとえその気になっての聞き込みといっても、行商の仕事をしながらだ。聞き込みで得るものがあっても、

「帰《けえ》って来るのは仕事第一《でえいち》で、たぶん夕方だろうなあ」

喜助がふと自分なりの予測を口にしたのへ市左が、

「へへ、兄イよ。武家奉公から町場に出てまだ間なしというのに、ずいぶん世間ずれしたじゃねえかい」

「あはは。おめえのおかげさ」

喜助はまんざらでもなさそうに返した。きのう赤穂から帰ったばかりというのに、

最初の一歩から市左の棲家にころがり込んだせいか、ますます生き方の変わる世界に浸かってしまったようだ。

陽がさらにかたむいたころ、縁側越しに人の気配が立ち、

「市さん、喜助さん。帰ったよ」

お島の声だ。

二人は急ぐように縁側に出た。

「で、どうだったい」

「新しい話はあったかい」

「あった、あった」

言いながら背の行李を外し縁側に腰を下ろすお島に合わせ、市左と喜助もその場に座り込んだ。

お島は話した。

「非道《ひど》いもんさね。あの町で村井仁秀とつき合いがあるのは、与太の権八と助次郎だけだっていうじゃないか」

「患者は来ねえのかい」

「いたらしいよ、以前はね。でもさ、それがヤブのくせして薬料ばかり高いこと言う

ので、あの界隈じゃ急病でも誰も行かなくなったってさ。それで薬籠《やくろう》を抱えて他所の町まで出かけての往診がもっぱららしいのさ。下働きのような年寄り夫婦がいて、その人らがあちこちで患者を探しているってさ」

「そんなんじゃ多くは見つけられねえだろうに、それでよくやっていけるなあ」

喜助と市左は交互に問いを入れ、それにお島はまた応えた。

「そこさ、町の人らが不思議がっているのは。あれでよくあの家を構えていられるなあって。やっぱり権八と助次郎が薬料の証文を買い取ってそれを盾に女衒《ぜげん》まがいのことをやってるって噂も、それに仁秀がわざと高い薬を使っているっていうのも、治すよりも適当なところで死なせるようにしてるっていうのも、みんなほんとうのようだよ。明神下の人だって、それに引っかかったのさ。逃がしてやってよかったよ。きょうあたし初めて権八と助次郎の面をちらと見たけど、まったく嫌な与太顔だったよ」

お島は溜息をつき、

「そうそう、おもしろいことを聞いたよ。あの門柱の大きな看板さ」

「ほお」

喜助がひと膝まえにすり出た。

「被害に遭った人だろうねえ、夜中にこっそり来て看板を踏みつけ割ってしまうことがよくあったんだって。それでいまじゃ夕方にしまい込んで、朝また出しているって」

「あはは。よっぽど恨みに思っているお人らがけっこういるんだろうぜ。手っ取り早いところで、看板より門に火を付けてやりゃあもっとおもしれえぜ」

「それそれ」

お島は市左の言葉を受け、

「町のお人らは、真剣にそれを心配しているのさ。ほんとうに誰か火を付けないかって。そこまでされたんじゃ町全部が燃えちまうって。そのうえ付けたお人は千住《せんじゅ》の小《こ》塚原《づかっぱら》か品川《しながわ》の鈴ケ森《すずがもり》で火焙《ひあぶ》りだわね。大罪には違いないけど、それじゃあまりにも可哀相だって。火焙りにしたいのは仁秀に権八、助次郎のほうだって」

「そこよなあ。そんなのが出ねえうちに……」

喜助は言って、あとの言葉を濁した。

「あ、いけない。もう陽が落ちたよ。ご飯つくって部屋の掃除もしなきゃ」

お島は腰を上げ、行李を抱え込むように奥の長屋へ帰った。

それを見送り、

「兄イ、どうするよ。もとを質《ただ》せばあの日の見倒しからだぜ」

「そういうことだ」

市左が言ったのへ、喜助は返した。

その夜、二人はあらためて聞き込みを入れようと話し合った。

だが、お島が聞き込みを入れたあとすぐ行ったのでは、

「権八も助次郎も悪党だ。勘づかれてかえってやりにくくなる」

「おっ。朱鞘を探すのとおんなじで、対手《あいて》に気づかれねえようにって寸法でやすね」

喜助が言ったのへ市左は応え、

「あしたはさっきのつづきで、刀を出すべきところに出し、一日間《ま》をおこうかい」

「そうしやすか」

と、喜助の言葉に市左が応じた。

二

翌朝も棲家の縁側の雨戸が開いたのは、陽がいくらか昇ってからだった。

明かり取りの障子を開け放した屋内へ、

「お早うさん」

お島が縁側越しに声を入れ、

「お二人とも、きょうはどうしますかあ。あたしは元町から回向院さんの向こうまで足を延ばすつもりだけど」

「おう。噂集めは目立たねえほうがいい。俺たちゃ、あした行ってみらあ」

市左が応え、

「そう。なにか聞いたら、あたしにも教えておくれよ」

と、お島の足音はおもての通りへ消えた。

「さあて、俺たちも行くか」

居間で喜助が、きょう持って行く品を風呂敷にまとめはじめた。

大小の刀だ。包丁なら長屋の井戸端で自分たちで砥げるが、刀はそうはいかない。鞘の傷みもゆがみをちょいと直すようなわけにはいかない。

さすがに日本橋界隈はお江戸の中心で、それらの職人に事欠かない。しかもそこは鉄砲洲からも両国からも近く、喜助は堀部家に仕えていたころ、ころといってもほんの一月半《ひとつきはん》ほど前までだが、浅野家上屋敷の役宅にいたころも浪宅に移ってからも、それら職人の仕事場に出向くことがよくあった。

安兵衛が堀部家の養子に入ったとき、すり疵《きず》や打ち疵の入った朱鞘を日本橋の鞘師に持ち込み、刃こぼれがして脂《あぶら》のこびりついた刀身を砥ぎに出したのも喜助だった。だから喜助がそれらの職人たちの暖簾をくぐれば、

「いよう喜助さんじゃないか。お家は無念じゃったなあ。で、あんた、いま何をしていなさるね」

と、愛想よく迎えられた。

「へえ、古物屋をやっていると思ってくだせえ」

「あぁ、どおりで」

と、職人たちはもう一人の町人と一緒に大小の刀を束ねた包みを小脇に抱えた喜助のいで立ちにうなずき、仕事は進めやすかった。きのうのように顔隠しではなく暑さ除けに笠をかぶり、着物は尻端折に雪駄を履いている。

外に出ると、

「へぇえ、兄イ。大《てえ》したもんでやすねえ。あっし一人じゃ、とてもとても」

と、市左はこれまで以上に畏敬の念を持ち、笠の前を上げて喜助を見つめた。

それらの帰り、磯幸《いそさち》の前を通りかかった。持って出た刀はもうなくなっている。

「へへ、奈美さんはこちらでやしょう。寄って行きやすかい」

「しっ。黙って歩け」

「えっ」

喜助の強い口調に市左は、驚いたように顔をその横顔に向け、

「前を向いて歩け」

「へえ」

言われ、そのとおりに無言で磯幸の前を通り過ぎた。

「兄イ、あっしはなにも」

市左は奈美のことをかるがるしく言ったことで、喜助がなにやら怒ったと勘違いしたようだ。だが、

「そのまま黙って聞け。うしろをふり向くな」

「えっ」

言われ、かえってふり向こうとした市左の袖を喜助は引き、

「さっきから、どうやら俺たちを尾《つ》けているやつがいる」

「え？　さっきからって、どこから」

「分からねえ。棲家を出たときからかもしれねえ」

「ええ、どうしやす」

またふり向こうとする市左の袖を喜助は再度引き、

「みょうに逃げ隠れするより、このまま伝馬町まで連れて帰ろう」

「まさか権八と助次郎の野郎が土手の仕返しに？」

「だとすりゃあ、きのうから勘づかれていたことになる」

「そんなら、土手まで引っ張って行って、そこで畳《たた》んじまいやしょうかい」

「畳んじまうって、さっきまで俺たちゃ刀をいっぱい持っていたが、いまは木刀一本ねえんだぜ」

「あ、そうか。それで伝馬町まで」

「そういうことだ」

話しながら神田の大通りを進み、大伝馬町を経て両国広小路に向かう通りへ入り、さらに小伝馬町へ抜ける枝道に入った。もう棲家はすぐそこだ。

気のせいではない。確かに尾けている影があるのを、市左も感じ取った。

玄関の前に立った。

出るときに閉めた雨戸の前に、市左はしゃがみ込んだ。雨戸には閉めればコトリと落ちる小桟《こざる》を外から開ける仕掛けがついている。

開けた。

「市どん、部屋から木刀を取って来てくれ。俺はここから外を窺《うかが》う」

喜助は言いながら市左につづいて中に入り、わずかに開けた腰高障子のすき間から視線を外に這《は》わせた。屋内は薄暗く、中から窺っているなど外からは分からない。

「兄イ」

と、市左は気を利かせたつもりか、木刀と脇差を持って来た。

「地元で刃物が振りまわせるかい」

喜助は木刀を受け取り、

「すまねえが、縁側のほうを見てくれ」

「へえ」

市左は脇差を手に縁側にまわった。ここも出るときに雨戸を閉めた。節穴がいくつかあり、それらの一つに目を近づけた。

「おっ」

思ったが、通ったのは奥の長屋のおかみさんだった。

喜助が玄関口から縁側のほうにまわり、

「尾けて来た野郎の影が角にちらと見えたがすぐ引っこみ、もう出て来ねえ」

「だったら外へ見に行ってみやしょうかい。こっちに怪しい影はなにも」

「いや、このままにしておけ。さあ、開けよう」

雨戸を開ける音とともに、屋内に明るさが戻った。

「兄イ、いまからでも飛び出しゃあ、まだその辺をうろついてるかもしれやせんぜ」

「いや、もういねえ。向こうは俺たちの日常を調べに来たのかもしれねえ。きょうは放っておこう。こっちがまったく気づかなかったようにしておくのだ。野郎め、数も正体も分からねえが、またやって来るはずだ。それを待とう」

「ははん。向こうに警戒心を与えず、引きつけようって寸法でやすね」

得心したようにうなずく市左に、

「そういうことだ。少なくとも、権八と助次郎じゃねえ。やつらなら俺たちを素手で無腰だとみりゃあ、もうとっくに襲って来ていたはずだ」

「なあるほど」

話しているうちにまた陽のかたむく時分となり、

「いるかね。あ、いたいた」

お島がまた背の行李を縁側に降ろし、

「お茶を一杯おくれな」

と、腰を据え、上体を居間のほうへねじった。縁側は夕方には日陰になり、夏場はけっこうしのぎやすい。

「贅沢《ぜいたく》を言うねえ。また何かつかんで来たってんなら別だがよ」

言いながら市左は、ちょうど晩めしに沸かしたばかりの湯で茶を淹《い》れ、

「あちち」

縁側に出し、そこに喜助もつづき胡坐を組んだ。

「ひー。熱いよ」

お島も言いながら湯飲みを口に運び、

「きょうさあ、回向院のかなり向こうまで行ったのさ。そこで誰にあったと思う」

「知らねえよ。そこで、権八どもか仁秀にでも会ったとでもいうのかい」

「半分当たり。いや、もっと当たりかな」

「どういうことだい、お島さん」

喜助はお島の言いように興味を持った。

お島は話した。掘割《ほりわり》の竪川《たてかわ》沿いの町々を大川から離れるように東へながしながら進んでいるとき、

「権八と仁秀の下働きの婆さんが、橋のたもとで話しているのを見たのさ。あたしゃ気づかれないように角から見ていると、二人連れ立って北のほうへ進み、横川《よこかわ》のあたりさ。法恩寺《ほうおんじ》に霊山寺《れいざんじ》に本法寺《ほんぽうじ》と、大きなお寺が三つならんでいるところがあるだろ

う。そこの門前町のごちゃごちゃしたところに入って、それで見失ったのさ」

「なんでえ、だらしねえ」

「だらしないとはなにさ。ちゃんと尾けるだけは尾けたんだから」

「そうさ、お手柄だぜ。その話、つづきがありそうだなあ」

「あるある。さすが喜助さん、勘がいいよ」

喜助の問いにお島はつづけた。

「横川の界隈を早めに切り上げ、帰りに元町に寄って、きのういろいろ聞いたお得意さんにその話をしたのさ。するとその人〝えっ、やっぱり〟って言うのさ」

「やっぱり？」

「どういうことでえ」

喜助と市左は同時にお島のほうへ身をかたむけた。

「それがさあ、あの仁秀め。看板だけじゃ町内からお客じゃない、患者が来ないもんだから、権八と助次郎があちこち離れた町で病人の噂を聞き込み、それも薬料の満足に払えそうにない家ばかりさ。それを下働きの老夫婦に知らせ、それから爺さんか婆さんが出向いて親切ごかしに……」

「――元町に、薬料などいつでも払えるときに払えばいいという、奇特なお医者がいなさるから、声をかけてみてやろうか」

と、さりげなく誘いかけるというのだ。

「なぁるほど、てめえから歩いてカモを找《さが》してるってわけかい。手の込んだことをしやがる」

「それで若い娘を一人でも引っぱって女郎屋へ売りとばせばいい儲けさ。許せないよう、長患いの人がいる家を端《はな》から喰い物にするなんて。人間のやることじゃないよ。もお、あたしも聞いて吐き気をもよおしたよ」

さも嫌そうにお島は顔をしかめ、

「これからしばらく、横川のほうをながしてみるよ。あの婆さんと権八が目串を刺した家が分かればいいんだけどねえ」

「ほっ、また急な買取りと夜逃げの手伝いかい。つなぎは迅速にな」

「さあ、どうなることやら」

お島はまた湯飲みを口に運び、

「あっ、もう飲めるよ。おいしい」

さっきは熱くて飲めなかったのを一気に飲んで腰を上げた。

「お島さん、無理しねえようにな」

「はいな。権八どもに襲われそうになったら、木刀を持って助けに来ておくれな」

お島は冗談とも真剣ともつかない口調で言い、行李を抱え込んだ。

三

つぎの日、

「さあ、直《じか》に探りだ」

と、喜助と市左はお島がいつもの行李を背負って出たあと、縁側と玄関の雨戸を閉めた。いで立ちは、腕まくりのたすき掛けに着物の裾は尻端折に笠をかぶり、草鞋の紐をきつく結び、カラの大八車を牽いている。どこから見ても荷運び人足だ。だが、目的は村井仁秀と権八、助次郎たちの聞き込みである。荷台の下に木刀をすぐ引き出せるようにくくりつけている。これがあるとないとでは、気分的に大いに異なる。

牽きながら、

「許せねえ。明神下の線香一本の野辺送《のべおく》りも、仁秀がそろそろいいころ合いと、一服余計な仕事をしたのかもしれねえぜ」

「だとすりゃあ、仁秀に権八と助次郎の命も、見倒してやらなきゃならんなあ」

「まったくで」

と、きょうの聞き込みは見倒屋稼業のためだけではない。

大八車は両国橋に入った。

「兄イ、行くぜ」

「おう」

軛《くびき》の中から言う市左に、並走するように轅《ながえ》を牽く喜助は応じた。荷台はカラでも橋板に車輪の音は響く。

「おっとご免なすって」

「おっとっとい」

向かいから来た、なにやら荷を満載した大八車を避けるようにすれ違い、荷馬三頭の列を追い越した。

不意に足元の感触が土に戻り、車輪の音も橋の上よりはおとなしくなった。

「兄イ、このまま行くぜ」

「いいともよ」

橋を渡ればそこはもう本所元町だ。歩を落とし、入り組んだ枝道に入った。権八と助次郎の塒《ねぐら》も松井仁秀の冠木門もすぐ近くだ。

「さあて」

あたりを見まわした。

策はすでに立てている。そう込み入ったものではない。

すぐ前の角から、二人連れのおかみさんがなにやらべちゃくちゃ話しながら出てきた。突然だった。

「痛《いて》てっ」

軛の中の市左が腹を押さえうずくまった。

――ガタン
軛が上がる。

「どうしたっ、兄弟《きようでえ》！」

「痛ててーっ」

喜助は中へくぐり込み市左を抱え起こした。市左はなおも腹を両手で押さえ、うめいている。

「えぇえ！」

「ど、どうしたのっ。荷運びさんっ」

おかみさん二人が、下駄の音もけたたましく駈け寄って来た。

「へえ。荷を届けての帰りでやすが、こいつ、よくやるんでさあ。腹が刺し込むってやつを」

「そりゃあ大変だ」

騒ぎを聞いた近所の男や女たちも数人出てきた。

「うううっ」

「まえにこの町を通ったとき、確か〝本道なんとか〟という大きな板看板を見やしたが、どこでしたかい。ちょいと連れて行って、痛み止めの薬湯など調合してもらいまさあ」

喜助は言うと市左を抱え、大八車の荷台に乗せた。市左はまだ腹を押さえ、苦しそうに唸《うな》っている。

「だめだめ、あそこは。高いだけで効きゃあしないよ」

「そうとも。あんなヤブにかかったんじゃ、あとでえれえ目に遭うだけだぜ」

「うーん、痛えーっ」

市左は荷台の上でエビのように身を曲げ、腹を押さえている。

「家《うち》に来なさらんか。狭いとこじゃが、休むだけなら」

「いえ。見ず知らずの人にそれは悪うござんす。どこか涼しい軒下三寸をお借りし、ちょいと休ませてから、川向うに顔見知りの鍼医《はりい》がおりやすので、そこへ連れて行くことにしまさあ」

「知った鍼医がいなさるんなら、絶対そのほうがいい」

「回向院の裏手が木陰で、あそこなら涼しいよ」

町の者は教えてくれる。

うめく市左の顔に笠をかぶせ、喜助は大八車をゆっくりと牽いた。数人の者が、心配そうについて来る。

なるほど回向院の裏手は樹木に覆われ、風通しもよかった。

親切に井戸から汲んだばかりの冷たい水を柄杓のまま市左に飲ませてくれるおかみさんもおれば、喜助が手拭を渡すと水に浸してくれるおかみさんもいる。

「ありがとうございやす、ありがとうございやす」

喜助の感謝の言葉は心からのものだった。

やがて市左のうめきは低くなり、まだ腹を押さえているものの、

「もう動かしても大丈夫のようですじゃ。ありがとうございやした。ちょいと橋向こうの鍼医まで診せに行ってみまさあ」

「そうしなせえ、そうしなせえ」

そっと押してくれる住人もいた。

車輪が音を立て動きだすと、

「ううっ」

また市左は小さなうめき声を上げた。

住人らは心配げに見守り、両国橋までついて来てくれる者もいた。

「ありがとうごぜえやした。恩に着やす」

喜助は笠をかぶったままふかぶかと頭を下げ、ゆっくりと橋板に入った。

橋の中ほどまで進むと、荷台の笠の下から、

「兄イ、もういいかい」

「念のためだ。橋を渡り切るまで、そのままにしておれ」

「へえ」

市左はまだ顔に笠をかぶせ、荷台に横たわったままだ。

「どうしたい、病人かい」

前から来た大八車の人足が声をかけてくる。

「へえ、まあ」

「そりゃあ、気をつけねえ」

言いながらすれ違う。

渡り切った。両国広小路の人混みのなかだ。

（こんなとこ、弥兵衛さまや安兵衛さまに見られたらコトだ）

思いながら、笠の中からさりげなく周囲に気をくばり、歩を進めた。

小伝馬町を経て神田の大通りへ出る往還に入った。

伝馬町の棲家はもう近い。

「兄イ、もういいだろう。肩も腰もガタゴトと痛えぜ。歩いているほうがましでえ」

「贅沢を言うな。そのまま伝馬町まで寝ていろい」

「えぇえ！」

市左が起き上ろうとするのを喜助は軛からふり返り、

「だめだっ。そのままっ」

「えっ」

喜助の強い口調に、市左は驚いたようにまた身を横たえた。荷台に直《じか》に横たわっているのだから、車輪の硬い振動がけっこう堪《こた》える。

牢屋敷のあたりで大伝馬町へ抜ける枝道に入った。

「もうすぐだ」

「もぉ、本所から誰か尾いて来ているんですかい」

喜助の声に市左は横たわったまま、不満そうに言った。

「あぁ」

喜助は短く返し、脇道に入るとすこし速く牽き、

「痛ててっ、兄イッ」

市左は声を上げ、

「さあ、着いたぞ」

背後に素早く目をやり、

「そのまま」

喜助は言うと玄関の雨戸を開け、

「さあ、つかまれ」

「なんなんだよ、いったい」

文句を言う市左を担ぐように中へ入り、

「もういいぞ」

「痛てて」

市左は腰や肩をさすり、土間で大きく伸びをした。

縁側の雨戸も開け、屋内に明かりを呼び込んで居間に入った。

怪訝《けげん》そうな顔の市左に、

「行くときは気づかなかったが、おめえがうまい芝居を始めてから駈けつけた住人の中に不審な野郎がいたんだ」

「権八か助次郎かい」

「違う。あの二人なら見りゃあ分かる。そやつめ、そのあとも物陰から俺たちをじっと見ていて、帰りも尾いて来やがった。ここのすぐ前までなあ」

「なんだって。そんなら今も？」

「分からねえ、放っておけ。それよりも市どんの痛がりようよ、ほんとうに刺し込みを起こしたのかと思ったぜ」

「冗談言うねえ。こっちは精一杯だったんだから。そのあとも寝たまま窮屈でよう。水は飲まされるわ、汗は拭かれるわでよ」

「ところで市どんは、あのお人らの親切をどうみる。もともと親切なお人らのようだが、俺にゃ仁秀へのあてつけも入《へえ》っているように思えたぜ」

「俺もだ、兄イ。あそこには絶対に行かせねえって、町のお人らの仁秀への徹底した嫌悪を、大八に寝ころがったまま感じたぜ。あてつけなんてもんじゃねえ」

「そのとおりだ。そのあとの木陰での親切もよう」

「それよ、仁秀が匙《さじ》加減で病人をあの世に送り、それを権八と助次郎が後始末をつけてるってえのを、元町のお人らは知っている。だからだぜ」

「間違《まちげ》えねえ、知っている。だが、確たる手証《てしょう》がねえ」

「…………」

緊張を含んだ沈黙がながれた。

その感触を探るために、本所元町まで大八車を牽いて行ったのだ。

喜助は大きく息を吸い、

「だがよう、あの町のお人らに、芝居を打ちながら心の中で詫《わ》びたぜ」

「そりゃあ、俺もでえ」

また沈黙がながれ、喜助が口を開いた。

「あの親切に報《むく》いるにゃ、どうすりゃいい」

「元凶を、取り除く……」

「殺しかい……。難しいぜ」

喜助は自分で言って、自分で否定した。

市左はつないだ。

「そのうちお島さんが本所の横川のあたりから、やつらが目串を刺した見倒しの種を拾ってきてくれまさあ」

「そこに、なにがしかのきっかけでも見いだせるってかい」

「そりゃあ、そのときになってみねえと」

ふたたび不気味な沈黙がそこにながれた。

四

お島が息せき切って走り込んで来るまで、それから六日ほど待たなければならなかった。月はすでに皐月《さつき》（五月）となっており、夏の最中だ。

そのあいだに、市左の拾ってきた見倒し仕事が一つあった。夜逃げは日本橋を南へ進んだ京橋に近い裏通りの炭屋だった。

夜逃げの原因が、亭主の小博打《こばくち》がやまず、気がついたら相当な借財を重ねており、その相手が悪く、にっちもさっちも行かなくなったというのだから、あまり同情はできない。

（こんな亭主を持った、女房や子供が可哀相だぜ）

思いながら喜助は、冷酷とも感じる市左の見倒し仕事を見守ったものだった。子供は七歳と四歳の男の子だった。

裏通りでも商家一軒だから見倒しの品は多く、陽が沈んでから大八車で伝馬町と京橋を二往復もした。おかげで物置部屋はこの一晩でほぼ満杯になった。

見倒した品の中には、おかみさんの腰巻のほかに、子供のおもちゃや寝巻に腹巻まであったのには、さすがに市左も溜息をついていた。

「市さんっ、喜助さんっ。すぐ、すぐだよう」

まだ陽の高い時分だった。お島が棲家の縁側に行李を背にしたまま這い上がったのは、その翌日のことである。

「おおう、どうしたい。本所の横川になにか動きでもあったかい」

「あったどころじゃないよ。殺《や》りやがったんだよう、仁秀のやつが」

昨夜運び込んだ品を整理しているところだった。夏場で障子は開け放している。縁側に出た市左は急なことに驚いた。病人に値の張る薬湯を飲ませて薬料を積み重ねるには、明神下の長屋のように幾月もかけるものだが、数日で始末をつけるのはいささか強引だ。

「それって、確かなのかい」

喜助も問いを投げ、縁側に這い出た。

「そうとしか思えないんだよ」

「そうとしかって。ほれ、お茶だ。喉を湿らせて詳しく話しねえ」

縁側に上がり込んで背の行李を降ろしたお島に、市左がぬるめのお茶を出した。

「そんな暇ないよ」

言いながらお島はぐびと湯飲みをあおり、話しはじめた。

喜助と市左が元町でひと芝居打っていたとき、お島は朝早くに元町を素通りし、掘割の横川の界隈を、それも権八と下働きの婆さんを見失ったあたりを中心にながしていた。

見つかった。横川に架かる法恩寺橋を東に渡った法恩寺門前丁だった。神田明神下の長屋と似た住まいで、もっとも路地裏の長屋といえばほとんどが九尺二間のおなじような造りだ。お島は商売っ気抜きで商売をよそおい、ちょいとのぞいた。明神下の母娘以上に同情を寄せたくなるような家族だった。母娘の二人家族だ。娘は十七歳でお春《はる》といった。ひとまず顔つなぎだけで、込み入ったことはなにも訊かず、長屋の路地を出た。

それからきょう、ふたたびのぞき、明神下とおなじ光景を見てお島は愕然とした。

近所で聞けば母親の患《わずら》いは長く、お春は料亭の通いの仲居をしながら看病をつづけたがすでに薬料をため込み、払える見込みもなく以前来ていた医者は来なくなっていたという。そこへあの下働きの婆さんが顔を出し、例によって〝薬料はいつでもいいという奇特な医者〟のいることを話したらしい。お島が顔つなぎをした日のことだ。お春は飛びついた。そのあとの婆さんと権八の動きは迅速だったようだ。権八はおもてには出ず、その日のうちに婆さんはみずから薬籠持《やくろうもち》になって仁秀を横川の長屋に連れて行き、さっそくお脈拝見となったらしい。お島が長屋に行ったのと、すれ違いになったようだ。

診立ては、

「——うーむむ。危ないところじゃった。わしが来なければ、きょうあすの命じゃったな」

「——えぇえ！」

驚くお春に、

「——いくらか高価になるが、なあに、薬料は母者《ははじゃ》が本復《ほんぷく》し働けるようになってからでよいぞ」

お決まりの文言《もんごん》をならべたらしい。

お春は地獄にホトケとばかりにすがった。言われるまま名を書き爪印を押したのが、高麗《こうらい》人参など高価な薬料を含む金二十両の書き込まれた借用証文だった。二十両といえば、腕のいい大工の一年分の稼ぎに相当する。通いの仲居では十年かけても貯められない額だ。

翌日も仁秀は来た。母親はいくらか回復したかに見えた。お春は仁秀に感謝した。

ところが容態は数日で急変した。

「それがきょうさ。気になって法恩寺門前丁に行ったのさ」

「すると母者はおっちんでいたってかい」

「そう、そうなのさ。それであたしゃ急いで帰ってきたのさ」

市左が言ったのへお島は応えた。

「しかしそれだけじゃ、仁秀が毒を盛ったって証《あかし》にはならねえぜ」

喜助は言った。

「それがさあ、あたしゃ近所の人から聞いたよ。おっ母《か》さんはそんな急に死ぬようなようすじゃなかったって。それに考えれば、始末屋の権八と助次郎がコトを急ぐ理由はあるのさ」

「どんな」

「神田明神下の娘さん二人も悪くはなかったけど、あの本所の門前丁のお春ちゃんさあ、かわいいのよ。女のあたしから見てもそうなんだから、男から見りゃあもっとかわいいよ。だから権八と助次郎は他所《よそ》の女衒にかっさらわれないように。つまりさ、お春ちゃんは前の医者にも借金が残っているってことさ。そこで悪党二人は仁秀をせっついて早く始末をつけようと」

「なるほど、それで仕事をさせたってかい」

得心したように言ったのは市左だった。お島は大きくうなずいた。

「兄イ、どう思うね。そうだとすりゃあ、権八どもの動くのは、きょうあすのうちだぜ。いや、ご面相のいい女ならきょう中だ。女衒の世界も俺たち買取屋とおなじで、早い者勝ちってえ競争があるからなあ。十七の未通《おぼこ》で容貌《きりょう》よしとなりゃあ、吉原《よしわら》に連れて行ってみねえ。少なくとも五十両の値はつかあ。証文を二十両で買取り五十両で売りゃあ、こんな濡れ手で泡の儲け話なんざめったにねえや。誰だって仕掛けたくならあ」

「そう、それさ。そうとしか思えないよう」

「兄イ、早くしねえと買取りにも後《おく》れを取りやすぜ」

市左はもう腰を浮かせ、お島はすがるように喜助に目を向けている。

「行くだけ行ってみるか」

「おっと、そう来なくっちゃ。おう、お島さん」

「はいな」

「そのおっ母アよ、きょうおっちんだばかりだろう」

「そうさ。だから急いで帰ってきたのさ」

「こいつぁますますどう展開するか判らねえ。このこと、誰にも言うんじゃねえぞ」

「分かってるさ。でもあたしの割前《わりまえ》、忘れないでおくれよ」

「こきやがれ」

念を押すお島に市左はひと声浴びせると居間に戻り、

「兄イ」

と、喜助の脇差を手に取った。

権八と助次郎が、お春の母親の死をつかんでいるかどうか、そこはまだ判らない。

あの二人には、神田明神下での苦い経験がある。まだ余裕はあると思って行ってみると、夜逃げのあとだった。仁秀から薬料の証文を買ったものの、紙屑同然となり大損を喰ってしまった。長屋の者は母娘からつなぎがあれば知らせると約束したが、つなぎはなかったと言われればそれまでだ。こんどは前の損害も取り戻そうと焦っているかもしれない。いずれにしろ迅速に動くはずだ。

陽は沈みかけている。急げばまだ明るさの残っているうちに元町に入れる。始末屋が動きだすのは、ちょうどその時分だ。陽の高いうちに行くと、対手に夜逃げの決心と準備の余裕を与えてしまい、翌朝には神田明神下のようにもぬけの殻となる。しだいに暗くなるなかなら、動顚《どうてん》したまま翌朝を迎えさせ、そこを狙ってふたたび行けばそのまま証文を盾に、無理やり始末をつけることができる。

その間隙《かんげき》を縫うのが見倒屋の仕事だが、今回はそこに、

（許せねえ）

思いがながれている。二人のいで立ちは着物を尻端折に草鞋の紐をきつく結び、腰には脇差を帯びている。

「十七の娘一人が残された所帯じゃ、大八車を持って行くこともあるめえ」

と、ふところに風呂敷を入れているだけだ。さらに市左は、帰りの用意にと提灯も入れた。見倒しの仕事で、さすがに堀部家の家紋入りの提灯は持てなかった。

両国橋は一日の終りを告げる喧騒が収まりかけ、薄暗くなりはじめたなかに往来人の影も少なくなっていた。

「向こうで鉢合わせになっちゃいけねえ。ちょいと覗《のぞ》いてみよう」

「そうそう。お島が見たってえことは、ほかの行商や棒手振たちも見て、話が元町に伝わっていてもおかしくねえや」

「だろう。鍛冶町の八百屋でも、権八らではなかったが鉢合わせになるところだったじゃねえか。あのときの市どんの采配、冴えていたぜ」

「へへ、まあな」

脇差を帯び話しながら歩を踏んでいるうちに、二人の足は橋板を出た。橋のたもとの屋台はすでに提灯に火を入れているが、まだ提灯がなければ歩けないといったほどではない。

伝馬町の棲家を出るときからあたりに気を配っていたが、尾けてきている影はなさそうだった。

元町の枝道に入った。すでに権八らの塒《ねぐら》も村井仁秀の冠木門の場所もその周辺のようすも分かっている。いずれも日の入りとともに人影がなくなる、入り組んだ家々のならぶ一画だ。

権八らの塒の玄関口がある脇道に入った。かすかに灯りが洩れている。

「いるようだな」

「そのようで」

二人はつぶやき、

「よし、法恩寺だ。急ごう」

「がってん」

お春がまだ証文を盾に脅されていなくても、見倒屋の存在を知らせておけば、脅されたときすぐさま夜逃げを考えるだろう。そこをふたたび訪ねればお春に感謝され、見倒しの仕事もその場でできるというものだ。すでに脅されていた鍛冶町の八百屋や明神下の長屋のときと異なり、まだお島がお春に〝見倒屋を引き合わせる〟と介在してはいない。その分、いくらか面倒だが、神田明神下の長屋とおなじで、あしたふたたび訪れた長屋がもぬけの殻となっていることに、権八と助次郎は地団駄を踏んで悔しがることだろう。

その場面を想像しながら身を返そうとしたときだった。

玄関口が開き、提灯の灯りが出てきた。

「おっ」

二人は同時に背後の角へ身を引いた。

提灯の灯りに顔が見えた。年寄りだ。

(仁秀の下働き)

喜助も市左もとっさに思ったが、二人とも権八と助次郎は土手で相対し当然面《つら》は知っているが、下働きの老夫婦の顔は知らない。

「確かめる必要はあるなあ」

「そのようで。あっしがちょいと尾けまさあ。兄イはここでやつらの動きを見張っていてくんねえ」

「いいとも」

仁秀の冠木門は近い。すぐ戻って来られるだろう。

市左はその場を離れた。

二人が潜んでいた角が冠木門と逆方向だったから、尾けるのには都合がよかった。だが、夕暮れの町内の角に脇差を帯び草鞋をきつく結んだ男が立っているなど、人が見れば辻斬りと間違われかねない。

喜助は塒の玄関口のすぐ脇に走り込んだ。往来から死角になっている。暗さが増しているのも好都合だ。

さらに都合のいいことがあった。玄関口に物音がして、権八と助次郎の声まで聞こえてきたのだ。

出かけるようだ。

「くそー。仁秀のやつめ、早く始末をとは言ったが、こんなに早く死なせるたあ」

「まったくだ、どんな仕事をしやがったのだ。きょう法恩寺まで行かなきゃならねえとは」

二人の会話に、

（えっ）

喜助は感じ取った。お島の見立てが当たっていたではないか。

二人は出てきた。権八が提灯を持ち、助次郎が雨戸を外から閉めた。コトリと小桟の落ちる音が聞こえた。伝馬町の棲家とおなじような仕掛けがあるのだろう。

喜助は息を殺した。

二人は玄関脇に人が潜むのに気づかないまま、着物を尻端折にふてくされた態《てい》でそこを離れた。腰にはもちろん脇差を差し込んでいる。やつらにはそれが商売道具だ。

行った方向が、さっきまで喜助の潜んでいた角だった。

（くわばらくわばらだぜ）

と、胸をなで下ろした。

すぐだった。向かい方向から足音が戻ってきた。

「市どん、こっちだ」

「あっ、兄イ。そんなとこに？」

玄関脇から出てきた人影に市左が驚きの声を上げたのへ、

「しーっ」

喜助は叱声を吐き、いましがたの動きと権八らの会話の内容を口早に話した。

「やっぱりだ。人殺しどもめ、許せねえ！」

市左も憤慨し、二人にとっては成り行きとはいえすぐさま権八と助次郎を追った。

下働きの爺さんが薬湯でも届けに法恩寺門前丁へ出向いて母親の死を知ったか、門前丁の長屋から知らせがあったか、それはどちらでもよい。ともかく仁秀はお春の母親の死を知り、とりあえず権八たちの塒へ下男を走らせたのだろう。

二人はとっくに見えなくなっているが、行き先は分かっている。提灯に火を点《つ》けているのであれば、周囲に増す暗さがかえってありがたい。

急いだ。草鞋の紐をきつく結んでいるのがさいわいだった。権八と助次郎は雪駄だったから、そう速くは歩けない。すぐ追いつくだろう。

ともかく今宵は、始末屋二人が法恩寺門前丁の長屋で十七歳のお春一人を相手に、どのような手に出るか見極めねばならない。次第によっては、

（その場に飛び込む）

その思いが、二人の胸中にながれている。

五

「おう、兄イ」

おぼろな月明かりのなかに喜助が石につまずいたか、前のめりになったのを市左が手を伸ばして支えた。

「痛《いて》っ」

薄明かりに往還の両脇の家々の輪郭の見えるのがありがたい。新月のまっ暗闇なら手探り足探りで進まねばならないところだ。

「おっ」

「いたな」

前方に灯りの揺れるのが目に入り足をゆるめたのは、横川にかかる法恩寺橋にあと十数歩といったところだった。掘割に流れる水音がかすかに聞こえる。

もとより喜助も市左も、他人を尾行するなど慣れているわけではない。

――ガタッ

「いけねえ！」

「どうしたっ」

こんどは市左が脇の天水桶《てんすいおけ》にぶつかった。火事に備え、常に水が張られている。カラの桶でなくてよかった。水が満たされておれば、すこしくらいぶつかっても桶がびっくり返って音を立てることもない。

だが、前方の灯りが揺れ、二つの影がふり返ったようだ。瞬時、喜助と市左は軒端《のきば》にうずくまった。

なにごともなかったように、提灯の灯りは法恩寺橋のほうに向かった。

「ふーっ」

息をつき、念のためしばらく動かなかった。行き先が分かっている安堵感もある。

身を起こした。

「ん？」

首をかしげ、前方に目を凝らした。

前方は法恩寺橋で脇道にそれない限り、十数歩ほどで渡れる橋とはいえ、提灯はまだそこに見えているはずだ。が、それがない。水音ばかりが聞こえる。

「急ぎやしょう」

「おう」

走った。自分たちの足音がひたひたと聞こえ、水音が一段と大きく聞こえたところで足元の感触が変わった。橋板に入ったのだ。欄干はあるが低い。川に落ちないように二人は用心深く歩を踏んだ。

不意だった。前面に影が立ちふさがった。

「待ちねえ」

声は背後からだった。

ふり向いた。

そこにも影が立ちふさがっている。

喜助と市左は、橋の前後のたもとから挟まれたかたちになった。

「てめえら、尾けてやがったようだが、どこのどいつだ」

前からの声だ。

二人はまた前面に視線を向けた。わずかな月あかりの下で、うしろにふり返ったり前に向きなおったり、あまり格好のいいものではない。だが、不利とはいえない。挟まれた喜助と市左には対手の名も素性も刀の技量も分かっているが、挟んだ側の二人は対手も二人であることがいま分かったのみで、その素性も腕の程も分からないのだ。

これほど不気味なことはない。

それでも喧嘩慣れしている二人か、うしろ側の影が脇差に手をかけ数歩橋板に雪駄の音を立て、

「おっ」

動きをとめるなり一歩退き、腰を落とした。挟み込んだ二人も脇差を帯びていることに気づいたようだ。同時に前面の影も気づいたか、一歩橋板に踏み込むなり威嚇のつもりか脇差を抜き放ち、

「おめえら、同業かい」

その声にふたたび向きを前面に変え、

「おめえ、うしろの動きを見張れっ」

低く言うなり喜助は、

「たーっ」

かけ声もろとも前面に飛び出した。

草鞋の足でほんのひと呼吸だ。

「おぉぉぉ」

乱れた雪駄の音が水音に混じるなり、

「ぎぇーっ」

――バシャン
悲鳴の直後、大きな水音が聞こえた。

喜助は前面の影に抜き打ちをかけたのだ。川面は暗くなにも見えない。ただ流れの音ばかりである。もがくような水音は聞こえない。

――キーン
背後に金属音が響いた。

ふり返った。

さすがは二人組を組んでいた片割れか、うしろ側の影が仲間の難に逃げることなく抜き身を振り上げ踏み込んだのだった。

「わわっ」

打ち下ろされた刃《やいば》を見張っていた市左が頭上で受けとめ、勢いに圧《お》され片膝を橋板についた。影はそのまま力ずくで市左を、

「うぐぐぐっ」

押さえつけようとしている。

「あぁぁ、兄イッ」

「いちーっ」

喜助は返す刀を下段に数歩走り込み、

――キーン
ふたたび金属音が響いた。踏み込んだ喜助の脇差が影の刀をはね上げた。

「おおぉっ」

影は脇差をはね上げられた衝撃で数歩あとずさり、橋板の外に出て身をもちなおし
切っ先を前に向けて身構えた。雪駄は脱げ、裸足《はだし》になっている。

市左も腰を上げ、

「野郎！」

その場で脇差を斜めに構えた。影とおなじ隙あらば飛び込む喧嘩剣法の構えだ。

喜助は正眼《せいがん》に構え、橋板の上で一歩踏み出た。

影は正眼の切っ先を恐れたか一歩退き、

「だ、誰なんでえ。てめえらっ」

擦《かす》れた声を出した。

「おめえ、権八か、助次郎か」

「す、助次郎だ。お、おめえ。あっ、あのときの」

さっきのは権八だったようだ。

「分かったかい」

淡い月明かりに助次郎は、対手が土手のあのときの木刀と分かったようだ。

「な、なぜだ」

「ふふふ。始末屋はいいがよ、悪徳医者と組んでの殺しは許せねえぜ。いくぞ!」

喜助が踏み込むより一瞬速く、

「うわーっ」

助次郎は跳び上がるなり身をひるがえし掘割に沿った闇の中へ遁走した。

同時だった。市左の身も素早かった。

「逃げるかーっ」

橋板を蹴り奔《はし》った。助次郎は裸足だ。尖った石でも踏んだか、

「痛ててて」

足をもつらせたそこへ、

「野郎!」

市左の身が重なった。体当たりだ。

「ううっ」

市左の脇差の切っ先が助次郎の背に刺し込まれ、その身は前のめりになって一、二歩よろけ、往還から消えた。

――ズボッ
流れとは異なる水音が立った。

「おっとっと」

「危ねえっ」

市左まで掘割に向かって前のめりになったのを、走り寄った喜助がつかまえた。

「ふーっ」

二人は同時に大きな息をついた。まだ手に抜き身を持ったままだ。

「野郎、生きてたら面倒だぜ」

「どれ、見せてみろ」

喜助は市左の脇差を見たが、淡い月明かりでは確かめられない。刃文のあたりを指先でなぞった。切っ先から五寸(およそ十五糎《センチ》)ほどのところまで、ぬるっと血糊がついている。

「これだけ深く刺されて水に落ちたんじゃ助かりっこねえ」

「あぁ、手ごたえはあった。兄イのほうは」

「首から胸にかけて、即死だろう。いまごろはもう竪川に入っているか、それともまだ横川かなあ」

水音が聞こえる。

横川の流れはおなじ掘割の竪川にそそぎ込み、その竪川は大川に流れ込んでいる。

二人は脇差をぬぐって鞘に収め、水の流れに向かって合掌し、

「兄イ」

「ん」

「どうする」

「なにを」

「なにをって、仁秀さ」

「それよなあ。ここまでやっちまったんだ。あやつこそ生かしておいたんじゃや、またどんな与太と組むか知れたもんじゃねえ」

「行きやすか」

「おう」

喜助と市左は法恩寺橋を背にし、来た道を返しはじめた。

前方に提灯の灯りが見えた。今宵の仕事を終えた蕎麦《そば》か汁粉《しるこ》の屋台のようだ。

「脇差、俺が持つぜ」

「へえ」

喜助は市左の脇差を手に、脇道に退いた。

無腰の尻端折に頰かむりをし、ふところから提灯を取り出し、

「父《とっ》つぁん、すまねえ。提灯の火が消えちまってよ。ちょいと点《つ》けさせてくんねえ」

「あぁ、いいともよ。火がなけりゃ足元、危ねえからなあ」

おやじは屋台を担いだまま提灯を市左のほうへ向けた。汁粉屋のようだ。脇差を腰に差していたのでは、汁粉屋は警戒したことだろう。それに、あしたになれば掘割で殺しのあったことが発覚するかもしれないのだ。

灯りを手に、二人はふたたびならんで歩を進めた。

六

やはり両国広小路や日本橋を擁する西側と違い、東側の本所かさきほどの汁粉屋のほかすれ違う者はいなかった。

歩きながら、夜四ツ（およそ午後十時）の鐘の音を聞いた。この時刻を過ぎ提灯な

して外を歩いていると、盗賊と看做《みな》される。

市左がその提灯の火を吹き消したのは、薄い月明かりに仁秀の冠木門が視認できるまで近づいてからだった。

門の前に立った。なるほど、昼間は掛けられている大きな看板がない。

それよりも、武家屋敷の門構えなら越えられるものではないが、冠木門は板戸の上は棟木《むなぎ》を渡した屋根なし門だ。

「兄イ、ご免するぜ」

市左が喜助の肩に足をかけ、棟木につかまりよいしょと内側に跳び下りた。中から開けられた潜り門を、喜助はするりと入った。

庭に立ち、

「さてと」

二人は大きく息を吸った。

母屋の雨戸は閉まっている。だが、およその構造は分かる。それに、臭いだ。雨戸の内側が縁側なのは、どこでも違いはない。伝馬町の棲家もそうなっている。

「おう、あのあたりだな」

「そのようで」

二人はすぐに嗅ぎ取った。縁側の端《はし》っこの厠《かわや》だ。

「ここだな」

その場所に見当をつけ、近くの雨戸の溝《みぞ》に脇差の切っ先を刺し込み、二人がかりで慎重に、時間をかけた。

「こんな盗賊もどき、初めてだぜ」

「あっしもで」

低い声を淡い月明かりに這わせたのは、高鳴る心ノ臓を抑えるためでもあった。

ようやく一枚をはがした。ここからはもう、声も音も立てられない。

草鞋の土を手で払い、そっと上がり込み、木の擦れる音にもドキリとしながら中から雨戸を元に戻した。

当然、屋内に月明かりはない。漆黒の闇のなかに手探りだ。厠とは逆方向の隅に身を沈めた。押し込み強盗でなければ、これが最上の方途だ。縁側と厠の位置は分かっても、屋内の配置はまったく判らないのだ。

待った。いまできることは、息をすることだけだった。

目算はある。下働きの爺さんと婆さんはもとより、仁秀も似たような年行きを重ねている。年寄りは夜中に二度、三度と厠に立つことを、喜助は弥兵衛と和佳のいる米沢町の隠宅でよく心得ている。そこに賭けたのだ。奥に灯りがかすかに感じられるのは、そのための用意だろう。行灯《あんどん》の火を絶やさず、脇に手燭《てしょく》を置いているはずだ。

半刻（およそ一時間）ほども経たろうか。奥の灯りが揺れた。足音とともに手燭が近づく。喜助と市左のうずくまるすぐ前を、手燭を持った影は厠に進んだ。下働きの婆さんだ。

二人は気配を消した。喜助は安兵衛から剣の手ほどきを受け、市左は喧嘩慣れしているとはいえ、忍者もどきの技など心得はない。だが、年寄りでなんの用心もない相手には、ただ息を殺すだけで気づかれることはなかった。

ふたたび婆さんは二人の潜む鼻先を、奥へと消えた。

静まり返った。

小半刻（およそ三十分）も経たろうか。ふたたび奥に人の動く気配が感じられた。足音とともに手燭の灯りが縁側に出てきた。

喜助と市左は息だけのうなずきを交わし、ふたたび息を殺した。仁秀だ。総髪の髷から分かる。灯りは厠に入った。

二人は忍び足で近づいた。

「もし、仁秀さま」

「うっ」

喜助が低い声をかけ、中から仁秀の驚いたようにうめく声が聞こえ、

「な、何者」

「へい、怪しい者じゃござんせん。権八さんと助次郎さんに頼まれて来やした」

「ううう

っ」

中で仁秀は身を硬直させたようだ。いまが最も危ない。恐怖のあまり、

「声をお出しになりませぬように」

喜助はあくまで落ち着いた低い声でつづけた。背後では市左が、奥の年寄り二人が起きてきた場合に備えている。

「法恩寺のお春にちょいと困ったことが起きやして。いま、こちらに連れて来ておりやす」

「うううう」

「それで権八さんと助次郎さんが、仁秀さまに是非お越し願いたい、と」

「い、い、いまからか」

声とともにゴソッと音がした。壁に手をつき、身を支えたのだろう。

ゆっくりと厠の板戸が開いた。騒がせてはならない。最も緊張する一瞬だ。

仁秀の手燭の灯りが、喜助の姿を闇の中に浮かび上がらせた。片膝をつき、左手を帯にあて右手を下につき、頭《こうべ》を垂れている。中間の礼の作法だ。

仁秀の口から、ふっと息が洩れた。盗賊でもなさそうなことに、安堵を覚えたのだろう。しかし当然、

（なぜ屋内に……）

疑念と恐怖は残っているはずだ。

喜助と市左の緊張はまだつづく。

「あっしらがお供いたしやす。さあ、おもてへ」

喜助が顔を上げると、背後の市左が素早く雨戸一枚を音も立てず外しにかかった。すでに要領は覚えている。

「ううっ」

「夜中でもあるため、お声を上げませぬように」

暗がりにもう一人いたことに驚いたか、うめき声を上げた仁秀に喜助はすかさず理由にもならない理由をかぶせて騒がれるのを防ぎ、

「さあ、お外へ」

外れた雨戸のあいだから、薄い月明かりが射した。

仁秀はためらいをみせたが、

「ううう……」

　ふたたびうめき声を発した。仁秀が恐怖から我を失い、騒ぎ出す危険はすでに過ぎたとみてよい。あとの方途は一つだ。

「お静かに」

　片膝をついたまま、再度低い声をかぶせた。喜助の脇差の切っ先が、仁秀の腹にぴたりとつけられている。

　市左が庭に跳び下り、

（出ろ）

　手で催促した。

「早くしろ」

　喜助が腰を上げ口調を変えたとき、脇差は仁秀の首筋にあてられていた。

「うううっ」

　再度うめきながら仁秀は庭に下りるとその場に崩れ込んだ。無理もない。これまで抑えていた恐怖が一挙に出たのだ。

（ここで躊躇《ちゅうちょ》してはならぬ）

喜助は心中に念じ、

「立ていっ。歩くんだ」

仁秀の腰を蹴った。

「うっ」

脇差を首にあてられている。従う以外にない。

よろよろと立ち上がった。夜着のまま、裸足である。

「さあ」

背後にまわった喜助は仁秀の背を冠木門のほうへ押した。

市左が外した雨戸を素早く元に戻し、冠木門の潜り戸を開けて顔をのぞかせ、

「誰もいやせん」

「出ろ」

確認すると喜助は脇差の切っ先で仁秀の背を突いた。

「うっ」

痛さからか仁秀はうめいた。

この異変に、奥に寝ている下働きの老夫婦は気づかず、厠に立ってもそこに異常の痕跡はなく、おそらくあしたの朝まで気づかないだろう。

背を突かれうめきながら、仁秀は前に歩を進める以外にない。

市左が先に立った。

「お、お、お、おまえたち。い、い、い、いったい！」

「黙って歩け」

「うぐっ」

恐怖に満ちた仁秀の声に、喜助は脇差の切っ先で応えた。

すでに夜四ツを過ぎ、町の往還に屋台もいなくなっているのはさいわいだった。

川の流れの音が聞こえる。横川の水音よりも重みのある、大川の流れだ。

「痛い、痛たっ」

裸足では無理もない。三人は川原に出ている。

「もっと歩け」

「ううっ」

喜助は容赦なかった。幾度も脇差の切っ先で背を突かれ、淡い月明かりでは見えないが、仁秀の夜着にはもう血が滲んでいるかもしれない。

その仁秀が力つきたように崩れ込んだのは、すでに脛《すね》のあたりまで水に浸かったところだった。水音が立ち、川底に脛と手をついた仁秀は、体の半分ほどが水の中で流されそうになっている。

「こ、こんなところで、い、いったい、わ、わしを、どうしようと……」

絞り出すような、掠《かす》れた声だ。

「やい、仁秀。おめえ、これまで幾人に毒を盛りやがった」

「な、なんのことだ。げぼっ」

市左が腹を蹴り、仁秀は水に顔を浸けた。

「なにをとぼけてやがる。権八と助次郎は全部吐いて、もうこの世にはいねえぜ」

「えええ!?」

驚愕の態《てい》で起き上がろうとするのを、

「そのとおりだ。おめえ、許せねえのよ」

「ううっ、げぼっ」

喜助が脇差を振り上げたのへ仁秀はまた水音を立て、水の中へあお向けに崩れ込み、片手で底をつかむように、もう片方の手を前につき出し、

「ま、待ってくれ。こ、これには理由《わけ》が」

「あるってのかい」

市左が水音とともにその背を蹴った。

「あ、あるんだ。どこ、どこに医者の看板を出しても患者はつかず。そ、それでつい、あの与太どもの、口車に乗せられ」

「二人のせいにするかい」

市左がまた蹴ろうとしたのへ、仁秀は水音を立ててあとずさり、

「そ、そうだ。あの二人が悪いのだ。そ、それに、あんたらはっ」

「仁秀、語るに落ちたとはこのことだぜ。俺たちはなあ、おめえに毒を盛られ、残った者までこの世の地獄に落とされた霊や恨みのかたまりと思え！」

喜助は徐々に語気を強め、

「たぁーっ」

水音に気合とかすかな悲鳴が重なった。即死のようだった。

権八や助次郎のときとは違い、大上段から斬り下げたから血潮が飛んだはずだが、淡い月明かりでは見えなかった。

死体が徐々に浅瀬から深みへと流れて行くのは見え、すぐに暗い水面に消えた。その闇に向かい、

「あぁぁ」

喜助は大きな息をついた。

「おっ、あそこに火がある」

「ほんとだ。ひとっ走り行ってくらあ」

両国橋の東たもとの常夜灯《じょうやとう》だ。

また市左が脇差を喜助に預け、尻端折の姿で提灯を片手に走り寄った。

往来人が常夜灯から提灯に火を拝借する。火灯《ひとも》しごろには珍しい光景ではないが、すでに夜四ツをまわっている。橋番人の目にとまりやすい。脇差を帯びていたのでは声をかけられるかもしれない。さらに刀身を検《あらた》められれば、市左の脇差にも横川での脂《あぶら》が乗っている。もちろんぬぐっているが、目利きなら見分けるだろう。それこそくわばらくわばらだ。

見られてもいなかったか、無腰の町人であれば誰に咎められることもなく、提灯に火を入れることができた。

両国橋を渡り広小路に入った。昼間にぎわっていた広場が暗く巨大な空洞のように見えるのが、夏の夜というのに思わず身をぶるると震わせるほど不気味だ。二人は無言のまま伝馬町への往還に入った。

ここにもむろん、屋台の火もなければこの時分に灯りのある家もない。

かすかに草鞋の音の聞こえるなかに、

「どうしてなんだ。成り行きとはいえ、ここまでやっちまったとは……」

「えっ、どうしてって？」

喜助が闇に自問するように言ったのへ、市左は首をかしげた。

「すこしは、世の掃除になったってことか」

声が闇に這《は》った。

「そのようで。おっと、そのさきを曲がりゃあ百軒店《だな》でさあ」

「そうだなあ」

二人は夜の伝馬町の往還に歩を進めた。

七

伝馬町の棲家では、きょうも雨戸が開いたのはすっかり陽が昇ってからだった。お島は昨夜の首尾を聞きたかっただろうが、行李を背に商いへ出るとき、雨戸が閉まっていたのでそのまま素通りしたようだ。

朝の味噌汁をすすりながら昨夜《さくや》を反芻《はんすう》したか、

「あっ」

と、市左は声を上げ、椀を持った手をとめ喜助に視線を移した。

「どうしたい」

「兄イ。きのうさあ、俺たちいったいなんのために……。見倒しの仕事、なあんもできなかったぜ。それを思えば骨折り損だ。そうか、それを兄イは、世の掃除になったと……」

「あぁ」

聞きながすような喜助の返事に、市左はつづけた。昨夜からこれを話したかったようだ。

「俺《おり》ゃあ、ぶっ魂消《たまげ》たぜ。兄イは武家の中間さんで剣の修練はしていても、実際に人を殺《あや》めたなんざ初めてでやしょう」

「あたりまえだ」

「それなのにきのうの法恩寺橋さ、なんの躊躇《ちゅうちょ》もなく踏み込み、一刀のもとに権八を……。あれであっしも震えがとまり、逃げ出した助次郎を追いかけ、野郎の背に長ドスをぶち込むことができたのでさあ」

「ふむ」

喜助は乗ってきたようだ。

市左はさらに言う。

「元町で冠木門を入ってからも、兄イは淡々とコトを進めるんで、あっしもついて行けたんでさあ。川原で仁秀に脇差を打ち下ろしたときだって迷わず一太刀で……。なにか、こう、自分に言い聞かせるまじないでもあるんですかい」

喜助はひと呼吸おき、

「ある」

「ほっ。教えてくだせえ、そいつを」

市左は椀を手にしたまま、ひと膝まえにすり出た。

喜助は言った。

「対手《あいて》と向かい合えば、躊躇なく打ち込め。一瞬でも迷えば、それは負けだ……。そう言われながら、いつも安兵衛さまと打ち合っていたのさ。打ち込むときにゃ、鬼になってよう。それで安兵衛さまを慌てさせることも幾度かあったぜ」

「えっ。そんならありゃあ、あの高田馬場の教えでやしたかい！　まじないなんぞじゃなくって、それであの喧嘩安の旦那を慌てさせることも！　ふーむむ、兄イ」

「な、なんでえ」

市左はさらにひと膝乗り出し、

「だったら、兄イ！　名を、名を変えなせえ。なあに、まるっきり変えるんじゃねえ。いまの名はどうもゆるい。字を一つ変えるだけでさあ。そうしてくれりゃあ、あっしも気が締まらあ。それでこそ、あっしの兄イでさあ」

と、市左はその文字を説明した。

「ふむ。心を鬼に……」

喜助はうなずき、

「それで鬼助《きすけ》か。悪くないな」

「ほっ、決まりですぜ。鬼助の兄イ」

ふたたび膳は進みはじめた。

朝方市左の棲家に声をかけそびれたお島が、開け放された障子の中に、

「二人ともいるようだねえ」

声を入れ、背の行李を縁側の上に外して身を居間のほうへねじったのは、夕刻近くだがまだ陽のある時分だった。

喜助あらため鬼助と市左はそれを待っていた。

「おぉう、お島さん。きょう行ったんだろう、法恩寺橋よ。どうなってたい」

「あぁ、行ったさ。どういうことなんだい。あたしが訊きたいよ」

縁側に胡坐を組みながら言った市左にお島は返した。鬼助もそこに腰を据えた。

お島は言う。

「葬式をやってたよ。それもなんの騒ぎもなく、しめやかにさあ。なりゆき上、あたしも線香を一本たむけてきたさ。そこで聞いたら、薬料の催促なんか来ていないって。おかしいこともあるもんだと思って、帰りに元町に寄ったのさ」

「どうだったい」

「それが、どうもこうもあるもんかね。昨夜から権八も助次郎も塒《ねぐら》に帰ってきたようすはないし、それよりも仁秀さ。朝起きたらいなくなってたって、下働きの爺さんと婆さんがおろおろしてさ」

「町は大騒ぎかい」

「逆さ。町のお人ら、あいつらこのままいなくなりゃあいいのにって。あっ、あんたら、きのう法恩寺橋に行ったよねえ。まさかそこで、なにか余分な仕事を⁉」

鬼助が言ったのへ、お島はハッとしたようすで逆問いを入れた。

「おっと、お島さん。それは訊きっこなしだぜ」

「えっ！　やっぱり」

「ま、なにも言うねえ。それよりもよ、権八や助次郎だけじゃなく、仁秀まで行方知れずじゃ、お春ちゃんとやらに見倒しはかけられねえ。おめえにも割前はねえぜ」

「そんなあ。でもまあ、それでお春ちゃんが助かるんなら……。そうさね、そのうちお春ちゃんには紅《べに》か白粉《おしろい》の一つでも買ってもらうさ」

お島は言うと上体をもとに戻し、行李を抱え腰を上げた。

「あ、そうそう。お島さん」

「なんだね」

「うちの兄イよ、名を変えたぜ」

市左は字の説明をした。

「あはは、それなら鬼の鬼助さんかい。前の字よりも、そのほうが締りがあって見倒屋に合ってるさね」

愉快そうに言うお島へ、

「ふふふ、そう思うかい。俺もだ」

鬼助はつぶやくように返した。

•

四　朱鞘の大刀

一

　翌日もお島が本所元町界隈を、小間物を詰めた行李《こうり》を背にながし、

「見倒しの割前を逃しておいて、あたしゃいったい何やってんだろうねえ」

と、町の噂を拾ってきた。

　夕刻近くのまだ陽のある時分、縁側に行李を置き、市左と喜助あらため鬼助もそこに顔を出している。

「いったい、何がなんでどうなってんだろうねえ」

　お島は言う。

掘割の竪川が大川に流れ込むすこし手前の一ツ目橋《ひとつめばし》と、その大川が江戸湾に入る手

前の永代橋《えいたいばし》の橋桁《はしげた》に、男の死体が一体ずつ引っかかっていたのを、地元の漁師が見つけて引き揚げたという。きのうの朝のことらしい。

村井仁秀と与太の権八、助次郎の三人の行方が分からなくなったというのが、死体が揚がった日とおなじきのうの朝のことだ。ちなみに、竪川が大川に流れ込んでいるすこし上流が両国橋である。

「それでさあ、きのうきょうと永代橋の近くにある御船手組《おふなてぐみ》の番所に元町のお人らが呼ばれてさあ」

死体検《あらた》めをさせられたらしい。町役《ちょうやく》はむろん、長屋の町衆にまで及んだという。そのなかには、お島のお得意さんもいたらしい。

「――はて、見たような見たことないような」

「――ひゃー、気持ち悪い。知りません、知りませんよう」

「――いたかねえ？　こんな顔」

と、いずれも言葉を濁したが、明確に証言する者が二人いた。下働きの爺さんと婆さんだ。竪川の一ツ目橋に引っかかっていたのは背中に深い刺し傷があり、大川の永代橋のほうは首筋から胸にかけ一太刀で斬られていたという。助次郎と仁秀だ。ならばもう一人、権八の死体は、

（江戸湾に流れ、魚の餌《えさ》か）

聞きながら、鬼助と市左はあらためて胸中に合掌し、

「で、その二つの死体さ、どうしたい」

「仁秀のほうは爺さんと婆さんが引き取り、きょうお通夜であした野辺送《のべおく》りだって」

市左の問いにお島は応え、さらにつづけた。

「言っちゃあなんだけど、これで元町のお人ら、ひと安心さね。火付けを怖がっていたからねえ。誰が殺《や》ったか知らないけど、このまま捕まらなきゃいいのにって」

「爺さんと婆さんは、疑われていないのかい」

鬼助が問いを入れた。あの年寄り二人が疑われているとすれば、濡《ぬ》れ衣《ぎぬ》で申しわけないことだ。

「町役さんの話じゃ、最初は疑われたらしいよ。でもさ、死体の刺し傷も斬り傷も、とても年寄りのできる技《わざ》じゃないって。それで行方知れずの権八さ、そいつが殺《や》ったんじゃないかって、みんな噂しているよ。それにあの爺さんと婆さんも、もうあの町には住めないさ。あっ、この話、あたしが持って来たんだよ。今夜あたり、見倒しに行くかね。あそこならけっこうな品がいっぱいあるはずだよ」

お島は真剣な顔で身を乗り出した。

「おっ、兄イ。いいかもしれねえぜ。行くなら今夜だ。あしたになりゃあもう遅い」

「あはは。そんな危ねえところ、のこのこ行ってみろい。御船手組の役人が張ってい
て、あらぬ疑いをかけられるだけだ」

「あっ」

市左は得心したように声を上げ、

「やい、お島！」

「な、なんですよう」

真剣な市左の言いようにお島はたじろぎ、かたむけた身を引いた。

「誰が殺ったか分からねえような殺しよ、そんなとこ見倒してみろい」

「あっ」

お島もその危険さに気がついたようだ。

「わ、分かったよう。あたしもしばらく、あの界隈には行かないことにしますよう」

困惑したように返し、縁側に置いた行李を引き寄せた。

その翌日だった。

東海道の京橋に近い炭屋で見倒した古着や包丁、家具などを仕分けし、土手に卸《おろ》そ

うと市左が大八車を縁側のほうへまわし、鬼助が物置部屋から家具類を運び出しているときだった。太陽はまだ東の空で、午《ひる》にはかなりの間がある。

「おっと、おめえら。出かけるのはちょいと待て」

市左が不意に背後から声をかぶせられ、ふり向きざま、

「うっ」

と、声を上げた。

物置部屋から出てきた鬼助も、それを見て瞬時緊張を覚えた。声のぬしは、粋な小《こ》銀杏《いちょう》の髷で着ながしに黒羽織を着《つ》け、雪駄を履いた二本差しだった。

「これは奉行所のお人。棲家《こ こ》になにかご用ですかい」

「ほう、おめえも市左の仲間のようだなあ」

戸惑う市左を見て鬼助がすかさず二本差しに逆問いを入れたが、その返答に自分の名を出されたことへ、

「えっ」

市左はまた驚きの声を上げた。二本差しはひと目でそれと判る町奉行所の同心だ。

（まずい）

鬼助は感じ取り、

「なんの用か知らねえが、奉行所のお人にそんなところへ突っ立っていられたんじゃ目立ってしようがねえ。ともかく上がんなせえ」

と、度胸を決めた。

鬼助は中間とはいえ、大名家に身を置いていた。町方に対しては〝不浄役人〟との意識がある。その役人が来た目的はおよそ察しはつくが、気分的には臆するところがない。それに、

(こいつの手の者か、ちょろちょろ尾《つ》けていやがったのは)

直感した。

市左は大八車の轅《ながえ》をつかんだまま、まだ戸惑いを見せている。

「さあ、市どん。そこじゃなんだ。上がってもらいなせえ」

鬼助に言われ、

「おっ、そうだ。ここじゃまずい。さあ、旦那」

ようやく落ち着きを取り戻し、同心に縁側を手で示した。

「おう、そうかい。俺もおめえらとゆっくり話してみてえと思っていたのよ」

と、同心はみょうなことを言いながら、縁側に上がった。手下《てか》は連れていない。一人で来たようだ。

二

市左がすぐお茶の用意をし、居間で鬼助とならんで同心と対座した。三人とも胡坐《あぐら》で固い雰囲気ではないが、同心のふところから十手の朱房がちらちら見える。

「南町奉行所の定町廻《じょうまちまわ》りで、小谷健一郎《こたにけんいちろう》という者だ」

同心は名乗った。背がすらりと高く、町奉行所の同心にありがちな他人《ひと》を疑るような目付きではなく、むしろ人なつこささを感じさせる顔だ。神田一円を見廻りの範囲にしているらしい。

鬼助も名乗った。小谷同心は鬼助の存在はつかんでいたが、名までは知らなかったようだ。当然、素性も知らない。

「ほう、鬼という字で鬼助かい。そんな面《つら》だぜ」

と、値踏みするように鬼助へ視線を向け、すぐ本題に入った。

「おめえら、俺がなんでここへ来たか分かっているだろうなあ」

「えっ。分かりやせんが、教えてくだせえ」

本来に戻った市左が、とぼけた口調をつくった。

「ふふふ、市左よ。おめえも見倒し稼業は長《なげ》えんだろう。そっちの鬼助とやらは新参にしちゃあ、度胸が据わっているようだなあ。以前からどこかで見倒しをやっていたのかい。ま、それはおいおい訊くとしてだ、おめえらの最近のふるまいがどうも気に入らねえ。日本橋の刀砥ぎや鞘直しはまあいい。本所の元町は、ありゃあなんでえ。カラの大八を牽いていったかと思うと、仮病だか本物だか知らねえが、いきなり倒れて荷台に乗って帰るたあ」

「あ、あれはほんとうだったんだぜ。なあ、兄イ」

「やはり、あんたの手の者だったかい。ちょろちょろ尾けていたのはよ」

「ほっ、気がついていたかい。そんな素振りを見せていなかったが」

対手に動きを掌握していることを匂わせれば、その者は怖気《おじけ》づき自分の思惑どおりに話を進められるものだが、そのあてがはずれ、

「兄イ……かい」

と、小谷はあらためて鬼助に視線を向けた。

鬼助は尾行を察知していたからこそ、仁秀ら三人を〝誅殺《ちゆうさつ》〟した日の動きは知られていないとの自信がある。

「本所元町をまな板に載せなすたってことは、あそこの評判の医者が永代橋に引っか

かっていた件で来なすったかい。そりゃあお門違《かどちげ》えですぜ」

「そう、お門違えよ。あっしらは与太が一人どこかの橋に引っかかっていて、その片割れが殺ったんじゃねえかっていう噂を聞いておりやすぜ」

鬼助の言葉に市左がつないだのへ、

「そう出たかい。おめえらのあの日の動きを見張っていなかったのが残念だが」

小谷は含みを持たせるつもりで、あの日尾行をつけなかったことを明かし、

「そいつは素人の見方さ。あの町で与太が二人、それが評判のよろしくねえ村井仁秀とつるんで始末屋の仕事をしていたのはお見通しよ。ところがコトは医者がらみだ。みょうな死に方をしたのが出ても、証《あかし》を立てるのは骨が折れらあ」

「ほう、お奉行所でも目串を刺していなすったかい、あいつらに」

市左がなじるように返した。

「あぁ、刺していた。おめえにもよ、ずっと前《めえ》からだ。仕事屋と見倒屋といやあ、親戚みてえなもんだからなあ」

「なにい」

「聞こう、市どん」

市左が反発しかけたのを鬼助はなだめた。

「おっ、鬼助といったなあ。おめえ、なかなか話が分かりそうじゃねえか」

小谷はまた鬼助に視線を向け、

「おめえらの動くところにゃ夜逃げがつきもんだ。そんな吝《けち》なコトを追っているんじゃねえ」

「吝だとぉ」

また市左が反発しかけたのを鬼助は手で制し、小谷はつづけた。

「狙いは仁秀だったのよ。そこへおめえらがちょろちょろ出てきやがって、手ぶらで行ったりカラの大八を牽いて帰《けえ》ったり、みょうな動きをしやがる。だからよお、おめえらに訊きゃあ何か分かることもあろうかと来てみたってわけよ。おめえら、いってえなにを探っていやがった」

「そりゃあさっき旦那も言ったじゃねえですかい。始末屋と見倒屋は親戚みてえだって。だからあいつらに目串を刺していりゃあ、見倒しの種が拾えると思ってさ」

うまい言いようだが危ない。案の定、小谷は言った市左をじろりと睨んだ。

「それよりも小谷さん。あんたさっき、もう一人の与太が殺ったとみるのは素人だって言いなすったが、どういうことなんで？」

話をそらせる意味も込め、鬼助は問いを入れた。

「それかい。二人が水浸《みずびた》しになって、一人がいねえ。だからそいつが殺ったなんざ短絡に過ぎらあ。仁秀の家から失《う》せ物はねえ。一太刀や一突きの殺しじゃ恨みでもねえ。あそこの爺さん婆さんにできる仕事でもねえ。仁秀が夜着のままってえのが気に入らねえが、殺しの現場は野外で大川か掘割のそばだ。もう一人はいまごろ、広い江戸湾で浮き沈みと洒落ているだろうよ」

と、小谷は話に乗ってきた。

「お役人は找《さが》さねえのですかい」

「找すも找さねえも、殺しは陸《おか》でもホトケは川だ。始末は船手組ってことよ」

「そういうもんですかい」

「そういうもんだ、役人とはなあ」

市左の問いに小谷は応え、

「俺が知りてえのは、本所元町の住人がどうしてああも殺ったやつをかばい立てしやがるかだ。そこからあの医者や与太二人の行状が見えてきて、殺しの理由《わけ》も分かろうってもんじゃねえか。俺はそいつを引っくくろうってんじゃねえ。むしろ、小気味のいいことをしやがると感心しているんだ」

小谷は言い、

「それにしてもよ、水浸しのあった夜に誰にも尾行をつけていなかったのは、かえすがえすも残念だぜ」

と、ふたたび鬼助と市左の顔を交互に見つめた。

「な、なんだよう」

市左はその視線を避ける姿勢になり、鬼助も小谷健一郎という人物に気圧《けお》されたような思いになり、返す言葉が即座には出てこなかった。

その鬼助に小谷は視線をとめ、

「おめえ、さっきから気になっていたのだが、どうも以前どこかで見たような面だ。それもつい最近だ。どこで見たのか、それが思い出せねえ。おめえ、俺に見覚えはねえかい」

「あはは。俺に町方の知り合いはいねえよ。話すのも、きょうあんたが初めてだ」

と、互いに顔を見つめ合い、市左も心配げに小谷を見つめ、

「あ、おめえ、見たぜ！　あのとき」

「おっ、どこで！」

市左が不意に腰を浮かせたのへ、小谷はすかさず返した。

「どこでって。ほれ、あの日よ。鉄砲洲の浅野さまのお屋敷さ。おめえじゃねえ、旦

那、行ってなかったですかい。そんな八丁堀の形《なり》じゃなかった」

「あっ、思い出した！　おめえはっ」

市左の言葉に小谷は鬼助を指さし、

「そんな町人姿じゃなく、梵天帯の中間だった。ご家来衆の役宅がならぶ一画で、木刀でちょっとした立ち回りを」

「えっ、あそこに来ていた？　なんのためだ」

鬼助は小谷健一郎へ訝《いぶか》るような視線を向けた。

「あれも役務だ。ああいうときはなあ、見倒屋や始末屋、それに寄主買《けいずがい》まで、なかには盗みをやるやつらまで入り込むもんだ」

「それを見張りにかい。で、いたかい」

「あぁ、いた。だがな、改易とはいえあのときはまだ空き家じゃねえ。見つけても町方は手が出せねえ。町人の形《なり》を扮《こしら》え、面《つら》だけを確かめにな。あとあとの目串を刺しておくためだ。やい、市左。おめえの面も見たが、まあ、盗みや強引なことはしていなかったようだなあ」

「あたりめえだ。俺は商《あきな》いに行っていたんでえ」

「そうか、信じよう」

と、小谷はふたたび鬼助に視線を戻し、

「ふーむ、そうだったのか。それで思い出せなかったのだ。浅野さまの中間さんだったのかい。大変だったろうなあ。それで、いまは見倒屋に？　またどうして、この市左のところへ」

顎《あご》を市左のほうへしゃくったのへ、

「なにい。やい、小谷の旦那よ。まるで見倒屋が悪いみてえな言いようじゃねえか。買取屋と言ってくんねえ。それにこの人はなあ」

「よせ、市どん」

鬼助がとめたのを市左は聞かず、

「浅野家でもその人ありと知られた喧嘩安の一番弟子よ」

「えっ、堀部家の中間！　それに安兵衛どのの一番弟子？」

「あぁあ、言っちまいやがった。小谷さん、安兵衛さまを知っていなさるので？」

「いや、名前だけだ。なにしろ高田馬場だからなあ」

「さようですかい。だけど一番弟子なんてのは、やい市、みょうな言い方するねえ。堀部家に長くいただけだ」

「へえ、どうも」

市左は頭をかき、鬼助はつづけた。

「別に隠していたわけじゃござんせんが、こうなりゃ仕方がねえ。小谷の旦那、町方の同心と見込んで頼みてえことがありやす。よござんすかい」

「なんだ、聞こう」

小谷は身づくろいをするように胡坐の足を組みかえた。棲家の居間の雰囲気は変わった。朱鞘《あかさや》の大刀の話に入ったのだ。

鬼助は経緯を説明した。

「盗まれた⁉」

小谷は驚き、

「そんな誰でも知っている刀を盗むなんざ、まるで浅草寺《せんそうじ》の観音さまを盗むようなものだ。すぐに足がつかあ。あっ、ひねくれの好き者ならあり得るぞ。手に入れ独《ひと》りでこっそりながめて悦《えつ》に入《へえ》るって変態さ」

「変態？　心当たりがありなさるか」

「ああ、俺の見たなかに、窩主買が一人いた。そやつと堀部家の中間がつるんでいたとなりゃあ、屋敷外へ持ち出すのはできねえことじゃねえ。あのどさくさのなかだ」

「あのときは弥兵衛さまも安兵衛さまもお屋敷の始末に忙殺されていて、役宅を守っておいでだったのは、ご内儀の幸さまお一人でやした。俺が頓馬《とんま》だったばっかりに朱鞘を盗まれてしまい、このままじゃ堀部家に面目が立ちやせんので。小谷の旦那、なんとか手を貸してもらいてえ」

役人らしからぬ押し出しに気圧されてから、鬼助の小谷へのものの言いようが変化している。

「ふむ」

小谷はうなずき、

「元僚輩のとんずら中間ってのは助造ってんだな。タチの悪い窩主買がそやつと一緒だったかどうかは気づかなかったが、ひとまず当たってみようじゃねえか。奉行所の同僚にも、ひねくれの好事家《こうずか》に心当たりがねえか訊いてみよう」

「ほっ。ありがてえ、旦那」

鬼助は頼むように返した。

「あのう、小谷の旦那」

「なんでえ」

市左が言いにくそうに口を入れた。

「窩主買ってのは、もともとタチの悪いもんで、端《はな》からご法度《はっと》違背《いはい》の稼業だ。あっしら見倒屋とは根っから違いまさあ。そこんとこを心得ておいておくんなせえ」

「分かってらあ。だからきょうは俺一人で来たと思いねえ。野暮な捕方《とりかた》なんざ連れちゃいねえぜ」

「へえ」

市左は胡坐のまま、ぴょこりと頭を下げた。

小谷同心が帰るとき、市左は縁側の踏み石に脱いであった雪駄を玄関のほうへ持っていき、鬼助も往還まで出て見送った。

朱房の十手をふところに、雪駄に地を引く音を立てて歩を踏むうしろ姿が、角を曲がって見えなくなると、

「ふーっ」

鬼助と市左は同時に息をついた。安堵の息だ。

「てっきり、仁秀たちのことで来たと思ったぜ」

「そうよ、その件で来たのさ。それが瓢簞《ひょうたん》から駒《こま》になりやがった。おもしれえ同心もいるもんだなあ」

「そうか、そういうことで」

二人は小谷健一郎の背が消えた角を、しばらく見つめていた。

三

きのうは小谷同心のおかげで柳原土手に行きそびれた。土手の〝兄弟〟たちに品を卸すには、まだそぞろ歩きの出ていない朝の早いうちでなければならない。客の前で売人同士が値のやり取りなどできない。

カラになった大八車を牽いて帰ったのは、陽が昇ってからさほどの間も経ていない時分だった。居間で洗濯のすんだ着物や腰巻を、

「またこの紅いの、ため込むのかい」

「あぁ。古物でもこれをもっぱらにすりゃあ、古着の兄弟たちのすぐ横でも売《ばい》ができるからなあ、重宝なもんだ」

話しながらたたんでいるところへ、

「ご免くださりませ」

玄関のほうで、腰高障子の開く音に女の鄭重な声が重なった。

奈美だ。ちょうど桃色の腰巻をたたんだところだった。

二人は同時に腰を上げ、

「へへ、兄イ」

と、市左はにたりと玄関の方を手で示し、ひと呼吸おいてあとにつづいた。

玄関の板敷きで鬼助は腰を低くし、

「これは奈美さん」

「あっ」

狭い土間に立っていた奈美は声を上げ、一歩あとずさった。

「ん？」

奈美のそのようすが解《げ》せない鬼助は首をかしげ、間をはずして玄関の板敷きに出た市左も、

「どうかしやしたかい」

と、異様な玄関の雰囲気に戸惑いを見せた。

二人がそれぞれ板敷きと土間で、睨み合いというより見つめ合っている。

「失礼いたしました。喜助さんのお顔が、その、以前とは違って見えましたもので……。申しわけありませぬ」

奈美は深く辞儀をした。

「兄イの顔が？　変わっちゃおりやせんが。ともかく上がってくだせえ。あ、お茶を

用意しますで」

鬼助の背後から市左が言い、細い廊下を奥に入った。

「さあ、お上がりを。用事があって来なすったのでやしょう」

と、鬼助も廊下を手で示した。

奈美は従い、居間できのう町奉行の小谷健一郎と相対したように、鬼助と市左は奈美と湯飲みを載せた盆をはさんで対座した。

奈美は町娘の風体《ふうてい》だが、胸の合わせに懐剣の柄《つか》が見える。武家の妻女や腰元の外出時のたしなみである。

「さきほど奈美さん、俺の顔が以前と違って見えたとか、なんですかいそれは」

「そう、あっしも気になりまさあ。どこにも斬り傷などつくっておりやせんが」

用件より、奈美の最初のようすが鬼助にも市左にも気になった。

「はい。つい、その」

胡坐の二人に対し、端座の姿勢で奈美は言った。

「喜助さん、その名のとおり、親しみやすいお人と感じていたのですが、きょうハッとしましたのは、その」

「その？」

喜助あらため鬼助には気になるところだ。市左の言ったとおり、法恩寺橋でも大川の川原でも反撃は受けておらず、まして顔に斬りつけられてなどいない。

（あっ）

内心、鬼助は感じるものがあった。市左も言っていた。あの日の夜、真剣で人を殺《あや》めたのは初めてであったにもかかわらず、

「――なんの躊躇もなく、一刀のもとに」

そう、迷いも躊躇もしなかった。そのときすでに、喜助から鬼助に変わっていたのかもしれない。長屋のお島はなにも気づかなかったようだが、同心の小谷健一郎もきのう、〝鬼助〟と字を改めたことを話したとき、

「――そんな面だぜ」

得心したように言っていた。

その微妙な変化を、奈美は感じ取ったのかもしれない。

「そのう」

奈美は言葉を探すように言った。

「いかにも堀部安兵衛さまから、厳しい修練をお受けなさったような雰囲気に……そう見えましたもので、つい。……失礼いたしました」

その言葉に、鬼助は納得するものがあった。

「さすがは元大名家のお腰元。いえ、実はね」

と、市左がまた〝喜助〟から〝鬼助〟への話をすると、

「まっ」

と、奈美はほほえむよりも真剣な表情になり、そのまま〝鬼助〟を見つめ、

「きょう参りましたのはほかでもござりませぬ」

と、早く話題を変えるように用件へ進んだ。

「近く、磯幸《うち》のお座敷で好事家の集まりがあります」

「えっ」

鬼助は乗り、胡坐のまま身を乗り出した。きのう小谷健一郎から〝好き者ならあり得る〟と聞いたばかりだ。

「好事家って、どんな類《たぐい》のお人らですかい」

市左も身を乗り出した。

「はい。女将《おかみ》さんから初めて聞いたのですが、そのような講《こう》があり、なにぶん好事家ですから大店《おおだな》のあるじや職人の棟梁など、裕福な人たちばかりで、ときおり十数人が集まるそうです。持ち寄る品も多岐にわたり、名のある絵師が描いた幽霊の掛け軸と

か、金の象嵌《ぞうがん》がある鉄砲とか、さらに猿の頭蓋骨を細工した香炉《こうろ》……」

話しながら奈美は身をぶるると震わせた。

さすがに猿とはいえ髑髏《どくろ》の香炉には市左も身震いし、

（小谷さんが言ったように、やはり変態か）

鬼助は思った。

奈美の言葉はつづいた。

「とくにこたびは、世に二つとない珍しい刀をお持ちになる方がおいでとか」

「えっ。それって、まさか高田馬場！」

「奈美さんっ」

市左が言ったのへ、鬼助は返答をうながすように上体を前にかたむけた。

「分かりませぬ。毎回、どのような物が出るか前もって噂がその人たちのあいだにながれ、それを当日に披露して参加者がアッと驚いたり逆にがっかりしたりで、その緊張の度合いを競い合うのがその講の趣旨《しゅし》だそうなのです」

「なんですかい、それ。みょうな趣味のようで」

「なるほど、すべての遊びを知り尽くした旦那衆や棟梁たちの、究極の遊びってやつですかい」

「そのようです。いくら元禄の世とはいえ、浅野家のお屋敷ではおよそ考えられなかったことです」

「そりゃあ俺たちの町場でも考えられやせんぜ。まともじゃねえ」

三人は溜息をつき、鬼助は問いを入れた。

「世に二つとない刀が、まだなにか分からないとしても、持って来るのは誰か、それは分かりやせんかい」

「そこも分からないのがその講の特徴で、毎回の世話役が誰かも定《さだ》かではないのです。ただいずれかの番頭さんが見えて、お座敷を予約されるのです」

「いつですかい、それは」

「五日後の午《うま》の刻（正午）からです。毎回、夕刻前には終わるそうです」

「ふーむ。なにやら予感がするなあ」

「はい。わたくしもさように感じ、お知らせに参ったしだいです。ただ朱鞘の大刀といっても、わたくしは見たことがないのです。鬼助さんならひと目見れば」

「もちろんでさあ。だが、どうやって。そんな講なら、余所者が入り込むのは難しいでやしょう」

「方途はあります。まずわたくしが仲居になって座敷に入ります。朱鞘が出ておればすぐに……」

　奈美は策を話し、

「ただし、女将さんからの要望で、守ってもらわねばならない作法があります」

「いかな」

「たとえ安兵衛さまのお腰の物であっても、磯幸の中では決して騒ぎは起こさないこと、取り戻すにしても磯幸が介在したことはおもてにしないこと、窩主買が関わっていて奉行所が出てくるようなことがあっても、磯幸の名は断じて口にしないこと……この三つです。実は女将さんも、参加者のほとんどの素性を知らないのです。最初から、それは訊かないという約束になっているらしくて」

　聞きながら、鬼助は脳裡に小谷健一郎の顔を浮かべていた。分限者《ぶげんしゃ》の好事家が幾人も……自分一人の手には負えない。

「心得た。その三つ、呑もうじゃねえですかい」

「ありがとうございます。それにもう一つ、これはわたくしからです」

「なんですかい、言ってみなせえ」

「もし、あのときお屋敷で朱鞘の手引をしたのが堀部家中間の助造なら、奉行所の手に渡さず……鬼助さんが直接」

奈美は鬼助の顔を見つめた。浅野家の恥を外にさらしたくないのだろう。

鬼助も奈美を見つめ、ひと呼吸ばかり間を置き、

「心得やした」

低い声だった。奈美は安堵の表情になった。

「兄イッ」

と、これには市左も驚いた。奈美は、殺せと言っているのだ。

「そういうことだ。それにしても奈美さん。磯幸の女将もよく助《す》けてくれやすねえ」

「はい。女将さんは弥兵衛さまも安兵衛さまもご存じなのです。でも、朱鞘の大刀を拝見したことはなく、盗難の話をすると許せないと憤慨しておいででした」

「ありがてえ、ありがてえぜ奈美さん」

思わず鬼助は奈美の手を取ろうとしたが、ハッとして引っ込めた。

四

鬼助は待ち遠しかった。

待つあいだに、南町奉行所に小谷健一郎を訪ねた。

「ほう、日本橋のさる料亭かい。心得た。町場には町場の作法があるからなあ。そのお店《たな》の名は聞かねえことにしよう。座敷でのことは、すべておめえらに任せるぜ」

と、当日の店の外での段取りをこと細かに決めた。そのなかで小谷は件《くだん》の料亭がどこか、気づかないはずはない。だが小谷はそれを口にしなかった。あくまでその料亭を〝知らねえ〟ことにしたのだ。

その日が来た。

午前《ひるまえ》から鬼助と市左は磯幸に入っていた。たすき掛けに料亭の腰切半纏《こしきりばんてん》を着けている。月代《さかやき》もさっぱりと町人髷をきちりと結い、仲居の手伝いに座敷へ出ても見苦しくないいで立ちだ。

午《うま》の刻には好き者のお大尽ばかり十六人が二階の座敷にそろった。まずは簡単な海鮮料理が出され、持ち寄った品の披露と自慢が始まった。

今回も幽霊画の掛け軸があった。もちろん前回のものとは異なる図柄だ。

南蛮渡来のギヤマンの花瓶は、明らかに禁制品だ。

好き者に象牙細工など珍しくない。馬の足の骨に複雑な彫刻をした花活《はない》け。

「これはあとで皆さまにふるまおうと思いましてな」

と、あるお大尽が出したのは南蛮の葡萄酒《ぶどうしゅ》に、人数分のギヤマンのグラスだ。禁制品をよくここまでそろえたものだ。

そのほか由緒ある骨董品など、そのたびに息を抑えたどよめきが起こる。もちろん窩主買をとおして手に入れた品もあろう。参会者たちはそれらを秘かに披露することに、この上ない悦《よろこ》びを感じているようだ。

十人目くらいであったろうか、恰幅のいい大店《おおだな》のあるじ風がやおら立ち上がり、

「皆さまがたよ。これはひと目見れば、もう説明の必要はありませぬわい」

と、風呂敷に包んでいた細長い木箱を開け、取り出したのは朱鞘の大刀だった。

「おーっ、鳴海屋《なるみや》さん。まさか、それは！」

ひときわ声を抑えたうめきが部屋に満ちた。

同座していた女将がすかさず、

「これはなんと色鮮やかな。皆さまがた、わたくしに一案がございます。いまわたくしどもには他人《ひと》さまから預かった狩野探幽《かのうたんゆう》の墨絵の衝立《ついたて》があります。それに借景《しゃっけい》してこの刀を拝見したなら、一段と朱色が生えるのでは」

「おぉお、女将。それはよい。いいところに気がつかれた」

声が出るなり女将は、

「探幽をここへ」

「はい」

間を置かない返事は、女将のかたわらにいた奈美だった。仲居姿だ。

奈美は部屋を出るなり、すぐ刀立てを手に男衆二人を先導するように戻ってきた。

もちろん男衆は鬼助と市左で、探幽の墨絵の衝立を両脇から持ち上げている。

「なるほど浅野家は改易だ。するとその家臣団の私財が町にながれていても不思議はないですなあ」

「その一つがこれですか。よくこのようなものが手に入りましたなあ」

仕事を進めながら、参会者の得心や感心の声は、鬼助と奈美の耳にも入った。

探幽が上座に据えられた。

「おぉおお」

さすがは好事家たちで目が利くのか、感嘆の声が上がった。本物である。鉄砲洲の赤穂浅野家の上屋敷から南部坂の三次《みよし》浅野家の下屋敷に移していたのを、奈美が戸田《とだの》局《つぼね》に頼んで借り受けてきたのだ。

上座に探幽を据え、

「拝借いたしまする」

と、鬼助が片膝を畳について朱鞘の大刀を受け取り、探幽の前の刀立てに立てた。
こうした仕草に鬼助は慣れている。
部屋は感嘆の声に満ちた。実際、探幽に借景した朱鞘はいっそう鮮やかに見える。
その感嘆の声のなかに鬼助は奈美に、
「本物だ」
低声で言うと女将には、
「これで失礼いたしやす」
一礼し、市左をうながし廊下に出た。
朱鞘の大刀の持ち主の屋号が〝鳴海屋〟であることは、座敷で奈美が慥《しか》と耳にし、
奈美の合図で鬼助はその面《つら》を確認している。
好き者で〝変態〟たちの座敷はまだつづいている。
鬼助と市左は半纏を脱ぎ、裏手からそっと外に出た。
表通りに出た。
日本橋を北に南にと渡る、大八車や往来人の下駄の音が聞こえる。
「なんでえ、ありゃあ」
市左がふり返り、二階を見上げて吐き捨てるように言った。

鬼助は二階の座敷を出たときから無口になっていた。好き者たちの、浅野家臣らの苦衷にまったく思いを馳せないばかりか、逆に喰い物にしているようすが、ことのほか衝撃だったのだ。

いまも座敷に残っている奈美には、なおいっそうのものがあろう。

（奈美さん、堪《こら》えなせえ）

鬼助は念じた。

実際奈美は、座敷につぎつぎと起こる感嘆のどよめきのなかに、腹立たしさと悔しさの混在する思いが込み上げるのを抑えていた。

鬼助は市左をうながして日本橋の手前の枝道に入り、

「おう、こっちだ」

「じゃまするぜ」

と、小体《こてい》な茶店の暖簾をくぐった。

往還に出した縁台にも客が座ってお茶を飲んでいる。町人で若いのもおれば、鬼助とおなじくらいの年行きの男たちもいる。

雪駄を脱ぎ、一番奥の部屋に入った。

「おう、どうだったい」

と、待っていたのは小谷健一郎だ。地味な着ながしに黒羽織の八丁堀姿だ。

「出やした。間違いありやせん」

小谷の問いに開口一番、鬼助は応えた。それを間近に見て、しかも手にも取ったのでは、たとえ贋物《にせもの》が出ていても鬼助が鑑定しそこなうはずがない。

「ほう」

小谷は身づくろいをするように胡坐の足を組みかえ、鬼助と市左が向かい合わせに座を取り、伝馬町の棲家で初めて対座したときのかたちになった。

「驚きやしたぜ。ご禁制の品や窩主買を経たとしか思えねえ品がずらりとならんでいやがったい」

「あはは。きょうの標的は高田馬場一本だぜ」

市左が言ったのへ小谷は返し、

「さて、これから一刻（およそ二時間）か二刻、ここで過ごさねばならんなあ」

と、退屈そうに言い、茶汲み女をとおしておもての縁台に座っていた男を呼んだ。

部屋に入って来た男を見ると、さっきは気づかなかったが、見覚えのある顔だった。

この日本橋界隈の砥師と鞘師をまわったときに尾けていた若い男だ。

男は部屋の鬼助と市左にぴょこりと頭を下げ、

「手の者だ」

小谷は引き合わせるように言い、男に長居になることを告げた。

「へい」

男は返すと、またおもての縁台に戻った。

「岡っ引ですかい」

「まあ、そういうところだ」

曖昧《あいまい》な言い方だ。話しているところへ、茶汲み女がおそるおそるといった風情で注文を取りに来た。頼むのはお茶と簡単な煎餅《せんべい》くらいで、こんな客に長居されたのでは商売にならないだろう。しかもとなりの部屋は、

「――いいか、客は誰も入れるな」

あるじに命じている。話を盗み聞きされないための措置だ。

枝道に入った茶店だから、おもての縁台からでも磯幸は見えない。というより、見張るには適していない立地だ。小谷同心の、磯幸への配慮だ。ここならしばらく陣取っていても、茶汲み女たちはこの一群が、おもての磯幸を見張っているなど思いもしないだろう。

ときおり、

「新たに加わった者も、途中帰る者もまだおりやせん」

おもての縁台に陣取っている岡っ引が報告に来る。幾人かが交代でおもてに出て磯幸を見張っているのだろう。そのうちの一人を、小谷は鬼助と市左に引き合わせた。二十歳を出たばかりか、いくらかひねくれた顔つきだった。名を千太《せんた》といった。千太も幾度か奥の部屋へ報告に来た。

部屋で待っている時間は長いが、壁にもたれかかっている小谷は、きょうの手順を一切口にしない。鬼助も訊かなかった。市左にすれば、稼業がときにはご法度の線を越えることもあり、これを機に奉行所のようすを少しでも聞いておきたいだろう。だが、小谷の雰囲気に呑まれたか何も訊くことはできなかった。小谷もまた、本所元町の松井仁秀や権八、助次郎たちのことをまったく話題にしなかった。

(探索とは、なんと地味なことよ)

鬼助にも市左にも思えてくる。

「いえね、世間に知れたあの朱鞘の大刀さ、きょう初めて拝ませてもらいやしたが、びりりっと来るものがありやしたぜ」

「俺も拝みたいぜ」

と、市左が話題にしたのには、小谷は応えていた。

（あの変態どもめ、朱鞘を弄《もてあそ》びやがって）

鬼助はいま脇差を腰に、斬り込みたい衝動に駆られている。

だが、

（――当日やることは尾行だけだ。身に寸鉄も帯びちゃならねえぞ）

奉行所に小谷を訪ねたとき、釘を刺されている。もちろん小谷は両刀を帯びているが、鬼助と市左はそれを守り、奈美も仲居姿では懐剣を身に忍ばせていない。

事態が動きはじめたのは七ツ（およそ午後四時）ごろだった。

千太が部屋に駆け込んできた。磯幸の集まりがお開きになったようだ。表通りに面した玄関から、迎えに来た手代や小僧に風呂敷包みを持たせた旦那衆や棟梁たちがぞろぞろ出てきて、女将や仲居たちに見送られ右に左に散りはじめたという。

「よし、行くぞ」

小谷の号令に鬼助と市左は腰を上げた。そこへ駆け込んできたのは奈美だった。

「鬼助さん！　鳴海屋は小僧に刀を持たせ、いま日本橋のほうへ」

「分かった」

鬼助が茶店を駆け出た。小谷は奈美とは初対面だ、奈美は軽く一礼しただけで、すぐ磯幸に駈け戻った。

飛び出した鬼助に、市左がさりげなくつづき、その市左に小谷と若い岡っ引の千太がなにくわぬ顔でつづいた。待っているあいだに、小谷が鬼助と市左に話した尾行方法だ。

まず奈美が鳴海屋の帰った方向を、茶店で待つ鬼助たちに知らせる。方向を知ると顔を知っている鬼助が飛び出し、鳴海屋のうしろ三間（およそ五米）ほどに尾《つ》く。往来人の多い往還では、このくらい間隔をつめておかないと見失う。市左も座敷で鳴海屋を見ているが、どの顔がそうか確認はしていない。

先頭の鬼助は市左に、どの背中を追っているか手と顎で示す。市左はそれを後方の小谷と千太に知らせる。全員が標的を知ったところで、鳴海屋のすぐ背後に尾く者が順番に入れ替わる。鳴海屋がふり返っても、おなじ顔をつづけて見ることはなく、尾行されていることに気づかない。気づかれても顔ぶれを変えれば、そのまま尾行をつづけられる。

「——なあるほど、それが尾行ってやつですかい」

と、鬼助と市左は感心するように顔を見合わせたものだ。本所で権八と助次郎を尾けたとき、二人はかたまって行動していたのだ。

茶店の縁台にいた岡っ引は数人だったのに、いま鳴海屋の尾行に加わっているのは千太だけだ。他の参会者を尾けたのかもしれない。

五

鳴海屋はお仲間らしい男と肩をならべ、日本橋から街道を南へ向かっている。なにを話しているのか、お仲間はギヤマングラスの男だ。背後には行李を背負った小僧がつき、鳴海屋のうしろには手代風の男が細長い箱の風呂敷包みを大事そうに抱えている。いま飛びかかれば奪い返すのは簡単だ。だが、

「――いいか。俺の下知《げじ》に従うのだぞ。おめえらに決して悪いようにはしねえ」

茶店の部屋で小谷は鬼助と市左に強い口調で言っていた。〝おめえら〟には、奈美も含まれている。小谷はこれを機に窩主買の一群を突きとめ、さらにそこへ盗品を持ち込んでいる盗っ人どももお縄にしようともくろんでいるようだ。

「――そこに、おめえの找している元僚輩の助造も浮かんで来ようよ。そいつの始末は、おめえに任そうじゃねえか」

小谷は約束した。

尾行の一群は、街道をなおも南への歩を取っている。

鳴海屋の相方は、増上寺の門前に近い浜松町で立ちどまり、鳴海屋と辞儀を交わして街道に面した大振りな旅籠《はたご》に入った。中から出てきた女中や番頭たちの迎えようから、男がその旅籠の主人《あるじ》であることが看《み》て取れる。

尾行の一行はそれぞれに、さりげなく旅籠を確認するように通り過ぎた。〝浜屋〟との屋号が暖簾に染め抜かれていた。

手代を随えた鳴海屋はなおも街道を南へ進んでいる。

増上寺門前の浜松町を過ぎれば新堀川《にいぼりがわ》に架かる金杉橋《かなすぎばし》であり、それを渡れば金杉町を経て田町《たまち》に入る。日本橋からここまで来れば、さすがに街道の装いは質素となり、茶店は縁台を往還に出していても毛氈《もうせん》などはなく、食べ物屋も煮売酒屋か一膳飯屋で大振りな構えはほとんどない。尾行の先頭は鬼助になっていた。

（はて、こんなところにあるじが好き者をやっておられるようなお店《たな》があるのか）

思いながら歩を取っていると、

「あらよっ」

向かいから来た荷を満載した大八車があいだに入り込み、横に大八車を避け慌てて前方に目を向けると、

（いけねえ）

鳴海屋の姿がない。

「おっとっと、ご免よ」

前面の行商人風の往来人を追い越すと、そこは大八車が二台すれ違えるほどの広い枝道だった。人の往来もけっこうあり、街道からの角に枝道を挟んで茶店と煮売酒屋が向かい合うように暖簾を出している。

「おっと」

鬼助はその枝道に入ろうとして足をとめ、手前の煮売酒屋から往還にはみ出ている縁台に、

「おう、一杯くんねえ」

と、腰を下ろした。煮売酒屋とは、もともと酒屋だったのがその場でちょいと飲んでいく客のために縁台を用意し、求められるまま簡単な煮込み物も出すようになった店であり、ゆっくりと腰を据えて飲める造作ではない。それがふらりと入り、聞き込みを入れるには便利だ。

その枝道に入って二、三軒目のところにひときわ大きな看板があり〝味噌醤油　鳴海屋〟の文字が読め、そこに入る姿が見えたのだ。

「よう、兄イ。どうしたい」

と、ついで市左が横に腰を据え、小谷はちらと枝道のなかに視線をながしただけで
そのまま通り過ぎ、あとにつづいた千太が引き返してきて、

「旦那が、ここで聞き込みを入れろって。あとの段取りはあっしが聞いていまさあ」

と、市左のとなりに腰を下ろし、

「あれでござんすね」

枝道の奥へ目をやり、

「おやじさん、俺にも一杯くんねえ」

薄暗い煮売酒屋の奥へ声を投げた。若く小賢《こざか》しい所作だが、この場にひと目で八丁堀と分かる小谷が加わったのでは、煮売酒屋のおやじは硬直してなにも話さなくなるだろう。奉行所の同心が直接聞き込みを入れれば、それ自体が事件なのだ。

往還に突き出た縁台に湯飲みの酒が出て、三人で簡単な煮物も取り、

「この界隈じゃそこの味噌屋、けっこう目立って繁盛しているようじゃねえか」

「そりゃあ小売りもしなさっているが、本業は問屋さんでさあ」

「ほう、味噌と醤油を卸《おろ》してなさるかい。どおりで構えが大きいはずだ。旦那も羽振りがいいんだろうねえ、どんな人だい」

「それがなんだか地味だか派手だか、よう分からん人ですじゃよ」

聞き込みを入れ、亭主の名を〝藤五郎《とうごろう》〟と聞いたところで縁台を立った。

すぐ脇を町駕籠がかすめ走り去った。

「おう、千太。旦那はどうしたい」

「こっちでえ。来なせえ」

鬼助に言われ、千太が二人を差配するように先に立った。

さきほどの煮売酒屋からすぐのところに、街道に面しこの界隈では珍しい二階のある茶店があった。千太が二階を見上げるので鬼助と市左もそれに倣《なら》うと、小谷が障子窓から手を振っていた。

入れ込みではなく、二階に一部屋を取っていた。

「ほう、鳴海屋藤五郎ってのかい、朱鞘を持っていやがったのは」

と、小谷同心は三人から一通りのことを聞くと、

「ま、武士でもねえのに刀とは、あの朱鞘だからだろう。煮売屋の話からも、そやつも変態野郎とみて間違《まちげ》えあるめえ」

締めくくるように言い、

「おめえら、ご苦労だったたな。ここなら角の茶店や煮売屋と組み合わせ、鳴海屋を見

張るのに充分だ。もう帰《けえ》っていいぜ。あとは俺たちに任せねえ」

「なにっ」

小谷の言葉に、市左が胡坐の腰を勢いよく浮かせかけた。

「市どん。なにか算段がおありのようだぜ」

と、鬼助は制して市左の肩をつかむように立ち、

「小谷の旦那、約束は守ってもらいやすぜ」

「心得た」

小谷同心の声を背に、鬼助は市左の袖をつかみ、一階に下りた。

外に出ると、陽は西に大きくかたむき、一日の終りを告げる喧騒のなかに街道は入っていた。そこに歩を踏むだけでなにやら慌ただしく感じられる。

「急ごう。提灯を持っていねえからよ」

市左を急かし、街道のながれに乗った。

歩を進めながら、

「兄イに奈美さんから知らせがあったおかげで、鳴海屋藤五郎を突きとめられたんじゃねえか。それをなんでえ、まるで俺たちを手駒のように扱いやがって。あの千太の野郎も気に入らねえ。ガキみてえなくせしやがってよ」

「まあ、そう言うな。若いのに岡っ引を張るたあ、大《てえ》したものじゃねえか」

「どこがでえ。こましゃくれてやがるだけじゃねえか」

家路を急ぐのかカラの大八車が土ぼこりを上げ二人を追い越し、向かいから来た荷馬三頭ほどの列とすれ違った。

市左はまだふてくされている。

「きょうのようすじゃよう、俺たち二人でも喧嘩安の旦那の朱鞘は取り戻せたぜ。いまから鳴海屋に押し込んでもよう」

「そりゃあ市どん、考え違《ちげ》えだぜ」

「どうして」

「さっき尾けていた途中でも、これからでも押し入ってみろい」

「取り戻せらあ」

「そうよ、取り戻せる」

「ほっ」

市左の足が瞬時とまった。いまから行くと思ったようだ。だが鬼助はおかまいなく歩を進め、

「兄イ」

急いでついてきた市左に言った。

「そうすりゃあ騒ぎになり、噂にもならあ。結句はどうなる」

「いいじゃねえか、そういう噂なら」

「そうはいかねえ。取り返したはいいが、あの日浅野屋敷で盗っ人に刀を盗まれたってことがおもてになってしまい、それが安兵衛さまの朱鞘の大刀だったというんじゃ、江戸中大騒ぎだ。浅野家も堀部家も、お家断絶で箍《たが》が弛《ゆる》んじまったのかって、世間さまにこんな恥さらしがあるかい。俺《おり》ゃあ中間だが、死んだ殿さんにも家臣団のお方らにも顔向けができなくならあ」

「えっ、お武家ってそんなに。兄イ」

大股で歩を進めながら市左は顔を鬼助に向けた。

鬼助はさらに言った。

「奈美さんもなあ、それを思って狩野探幽の大掛かりな舞台を用意し、戸田のお局さんとやらもそれを助《す》けなさったのさ」

「あ、あの衝立、そんなに貴重な」

「そうよ。小谷の旦那《もう》もそれが分かっていなさるから、コトを穏便にと。それで早くも見張り所を設けなさったのさ。鳴海屋も出入りの窩主買も、加担しやがった助造も静かに挙げなきゃならねえとは、こりゃあ落着《らくちゃく》までけっこうかかりそうだぜ」

「兄イ」

「おう」

話しているうちに陽は落ち、暗くなりかけたなかに足は増上寺の前を過ぎ、提灯のないまま日本橋の橋板を踏んだころには水音ばかりが聞こえていた。

磯幸の玄関にはまだ掛行灯《かけあんどん》が出ており、暖簾の中にも灯りがあった。

「寄って行こう」

「おう」

二人は足元に気をつけ、裏手にまわった。

奈美は二人が来るのを待っていた。もう仲居姿ではない。

奥の部屋に通され、なんと女将も同座したではないか。これで二度目の対面だ。一度目は柳原土手で、紅や桃色の腰巻を広げていたときだ。あのときは腰巻を背に焦ったものだった。

部屋の行灯の灯りのなかに、いまは落ち着いている。鬼助は端座の姿勢で語った。奈美と女将は、かたちのいい端座に身じろぎもせず聞き入っている。

聞き終わり、奈美はふっと肩の力を抜いたようだ。

「鬼助さん、市左さん」

女将もおもむろに口を開いた。

「こたびはなみなみならぬご配慮、ありがとうございます。盗品の朱鞘のお刀がここで披露されるなど、磯幸としてただ恥じ入るばかりです。つきましては、あのお方たちとのお付き合いは、きょうを持ちまして最後とさせていただくことにいたします」

かたわらで奈美はうなずきを見せている。すでに奈美と女将とのあいだで話し合いがあったようだ。

女将はつづけた。

「この旨《むね》を、お奉行所のお方に幾重にもよろしゅうお伝えくださりますよう、お願いいたします」

奉行所の手が磯幸へ入らぬようにとの願いだ。頭を下げる女将に、

「心得ました。奉行所にも話の分かるお人はおりますので」

鬼助はうなずきを返し、奈美は安堵の表情になった。

磯幸の奥でいくらかの時間を過ごし、奈美は提灯に火を入れ、裏手の勝手口で二人を見送り、

「くれぐれも慎重にお願いしますよ」

「分かっておりまさあ、奈美さん。それよりも衝立を南部坂に返すときゃ気をつけなされ。疵《きず》などつけぬよう」

「それはもう」

奈美は笑顔をつくった。

市左は奈美から手渡された磯幸の提灯を手に伝馬町へゆっくりと歩を取り、

「兄イ、きょうはおもしろかったぜ。夕餉《ゆうげ》が磯幸の膳たあ、こんなの初めてでさあ」

と、田町の茶店を出たときとは打って変わり、ご満悦になっていた。

六

待った。

「いらいらするぜ」

吐き捨てるように言ったのは市左だった。きょう一日、見倒しの種を求めて町々をさまよい収穫がなかったからではない。磯幸の夕餉の膳を堪能してから、すでに十日あまりを経ている。小谷同心からのつなぎがない。あることはあったが、三日目くらいに千太が来て、

「——小谷の旦那からの言付けだ。悪いようにはしねえ。いましばらく待て、と」

それだけで、あとの沙汰《さた》がないのだ。

夏の盛りの皐月《さつき》（五月）もすでに月末近くになっている。

この日、見倒しの種を拾えそうになかったから早めに伝馬町へ帰っていた。まだ陽は西の空にそう低くはなっていない。

「見倒屋ってよ、そう種があるわけじゃなかろう。次から次へとあったんじゃ、それこそ世の中まっ暗だぜ」

言いながら鬼助が晩めしの用意にかかろうと奥の台所に向かったときだった。開け放した玄関口から訪《おとな》いの声が入った。聞き覚えのある声だ。

「ほっ」

市左が勇んで狭い廊下に足音を立てた。

「おう、待っていたぜ。上がんねえ」

と、市左が玄関の板敷きを手で示した相手は、果たして〝こましゃくれた〟岡っ引の千太だった。

「いや、そうはいかねえんで。小谷の旦那がすぐ来い、と」

「なにぃ、すぐ来い？」

市左は板敷きの上から土間に立ったままの千太を睨みつけた。

「どうしたい、千太じゃねえかい。すぐ来いとはどこへだ。それに理由《わけ》も言わねえじゃ話にならねえぜ」

と、鬼助も玄関の板敷きに出て、すぐさま土間に跳び下り雪駄をつっかけたい気持ちを抑えた。

「これは鬼助さん。野郎たち、動き出したんでさあ。それで小谷の旦那がおめえさんらに、すぐ来い、と」

「それじゃ分からねえ。詳しく話しやがれ」

「そういうことだ。動いたって誰が、どのようにだい」

もとより小谷が千太を遣いに寄越したことから、〝動き出した〟のは鳴海屋か窩主買であることは分かる。だが鬼助は、市左の言葉をつないで質《ただ》した。

「やつらの塒《ねぐら》は品川《しながわ》宿《しゅく》で。それがいま田町の鳴海屋に入《へえ》ったんでさあ」

「やつらって？」

「決まってるじゃござんせんかい」

「だからそれじゃ分からねえと言ってんだ」

と、いらいらする市左を鬼助は手で制し、

「やつらって？　それにどこへ来いと？」

「助造って野郎に脅主買の男でさあ。ともかく来てくれ。つなぎの場所はほれ、この前の二階のある茶店だ。そうそう、小谷の旦那があんたら刃物を持って来いって」

「ほっ、兄イ」

「よし、分かった」

二人は急いで縁側の雨戸を閉め、たすきと鉢巻をふところに脇差を帯び、玄関で草鞋の紐をきつく結んだ。市左のふところには提灯も入っている。堀部家の家紋入りでも磯幸の名入りでもない、無地の提灯だ。もちろん鬼助の腰の物は安兵衛餞別の脇差である。

玄関に出て雨戸を閉めた。

太陽はまだ沈んでいない。

忙《せわ》しなくなりはじめた神田の大通りに歩を踏み、

「やい、千太。おめえの話はまとまりがなくていけねえ。話すときはちゃんと順序立てて話すもんだぜ」

「ともかく急いでんだい」

市左の言葉に千太は反発するように返し、歩を踏みながらその後の経緯を語りはじめた。

あの日から小谷同心たちは連日、田町の二階のある茶店を詰所に張り込みをつづけた。

「あっしもでさあ」

千太は自慢げに言う。

そのなかに小谷同心がかねて目串を刺していた窩主買を見つけ、尾行して品川宿の一角に塒を置いているのを突きとめ、さらにそこへ元堀部家組屋敷の中間と思われる男もいることを嗅ぎつけ、近辺で名を確認するとやはり〝助造〟で、

「鬼助さんから聞いたとおりの年恰好で、そやつがきょう、窩主買の野郎と田町の鳴海屋に入ったんでさあ」

「そこを鳴海屋ともども踏ん捕まえるってわけかい」

市左がじれったそうに問いを入れた。三人の足は大八車や荷馬の上げる土ぼこりのなかに、磯幸の前も騒音の日本橋も過ぎ、京橋にさしかかったところで日の入りを迎え、往還に落としていた長い影が地に吸い込まれるようにふっと消えた。

千太は返した。

「分かりやせん。小谷の旦那が、ともかくあんたらをすぐ連れて来い、と」

「ふむ」

鬼助はうなずき、三人はさらに歩を速めた。

京橋を渡れば増上寺の門前は近く、両脇の街並みに門前町の色合いを感じる街道を抜ければ金杉橋はすぐだが、そこにさしかかったときには橋の騒音はすでになく、まばらになった往来人には提灯を提げている人もいた。

田町はもう目の前だが、

「おい、千太。つなぎの場は大丈夫か。助造たちはすでに鳴海屋を出て事態が変わっているってことはないのか」

急ぎ足のなかに、鬼助は焦りを感じた。

「そんなこと、あっしに言われても知りやせんよ。あっしはただ、あんたらを」

と、若い千太ではまだ使い走りで、小谷同心の右腕とまでは行っていないようだ。

だが小谷の算段はほぼ分かる。〝刃物を持って来い〟と、小谷は言ったのだ。

市左が道端の屋台から提灯の火をもらい、

「さあ、急ぎやしょう」

「おう」

さらに足を速めた。

暗さが増すなかに足は田町に入り、鳴海屋への脇道に入る角の茶店はもう雨戸を閉めていたが、煮売酒屋には灯りがあり、往還に突き出た縁台で人足風の男が二人、湯飲みで一杯引っかけていた。

（いないようだな）

小谷同心のつなぎだ。三人は横目で軒提灯の灯りを見ながら通り過ぎた、すぐ先の二階のある茶店も暖簾を降ろし雨戸も閉まっていたが、少し開けたすき間から灯りが洩れていた。

「おっ、まにあったようだ」

千太の声と同時に、すき間の灯りが不意に広がった。

「千太さん、入りなせえ」

雨戸から顔をのぞかせたのは、なんと鉢巻を締めた捕方《とりかた》だった。着物を尻端折にたすきを掛け、手甲脚絆《てっこうきゃはん》を着けている。打込み装束だ。店場の縁台の上には弓張《ゆみは》りの御用提灯がずらりとならんでいる。

「えぇえ！」

と、驚きの声を洩らした鬼助と市左は、手招きされるまま雨戸の中に入ると、さらに捕方が数人いて、

「急に呼び出してすまねえ。ともかくまにあってよかった。それに提灯を持って来るとは、気が利いているじゃねえか」

と、奥の縁台に小谷同心が陣取るように座っていた。やはり打込み装束で、同心ともなれば捕方の六尺棒は持たず、脇差ほどの寸法がある打込み用の長尺《ながしゃく》十手を手に、手甲脚絆にも鉄線が入り鉢巻には鉄板が入っている。そうした同心がもう一人いた。鬼助にはすぐ察しがついた。小谷の定町廻りの範囲は神田界隈であり、もう一人はこの田町を受持つ同心であろう。店場の隅におどおどとしたようすで立っているのは、この茶店のあるじのようだ。

「鳴海屋に打込みなさるので？」

「ま、そういうところだが、それだけじゃねえ。もっと規模が大きくてなあ。それはさておき、わざわざおめえを呼んだ理由《わけ》は分かっているな」

小谷は鬼助に視線を据えた。

「へえ。千太どんから助造がいると聞きやした」

「それよ」

小谷は鬼助を手招きし、顔を寄せるとささやくように言った。

「以前の奉公は問わねえ、無宿者の窩主買として扱う。殺《や》れ」

「えっ」

鬼助は思わず小谷の顔を見た。

「ふふふ」

小谷は不敵に嗤《わら》い、

「無宿として扱うにゃ、生かしておいちゃかえって面倒だ。朱鞘《あかさや》も持って帰《けえ》っていいぞ。同輩も承知してくれている」

もう一人の同心のほうへ顎をわずかにしゃくった。相方の同心もかすかにうなずきを返し、

「窩主買になったばかりの者など、叩いても出る埃《ほこり》はねえからなあ」

低声で言った。

「ま、それもあるが、あの刀は、あるべきところにあって欲しいじゃねえか」

「小谷の旦那」

鬼助は壁の掛行灯の灯りのなかに小谷健一郎の顔をみつめ、

「ありがとうございやす」

言うと、ふところから鉢巻とたすきを取り出し、市左もつづいた。

いずれからか戌《いぬ》の刻（およそ午後八時）を告げる、五回連続の鐘の音が聞こえてき

り込んで来た。

た。鳴り終わると、さっき煮売酒屋の縁台にいた人足風の男が雨戸のすき間からすべ

「まだ鳴海屋から出ておりやせん」

「よし、ご苦労。あとにつづけ」

報告を受けるなり相方の同心が長尺十手を手に縁台からすっくと立ち、小谷もそれにつづいた。

千太はきょとんとしている。煮売酒屋の縁台に座っていた人足風の男は、相方の同心の岡っ引だったようだ。やはり千太は、まだ使い走りの域を出ていない。

「では小谷さん」

「うむ」

「策のとおり、行くぞ!」

差配は相方の同心のようだ。茶店は無言の緊張に満ちた。

雨戸が大きく開き、

「鬼助、市左。俺につづけ」

「へいっ」

「それっ」

同心二人を先頭に、捕方たちは御用提灯と六尺棒を手に無言で街道へ飛び出た。

角の煮売酒屋はまだ開いており、もう一人いた人足風が縁台から立ち、

「まだ誰も出ておりやせん！」

言うなり捕方の一群に加わった。

枝道に入れば鳴海屋はすぐそこだ。雨戸は閉まり、灯りも洩れていない。

「さあっ」

「おうっ」

小谷同心は長尺十手をかざし、路地に駈け込んだ。事前に定めていたようだ。相方の同心とおもてに残って身構えたのは捕方五人と人足風体を扮《こしら》えた岡っ引二人、小谷同心につづいて路地に駈け込んだのも捕方五人と岡っ引の千太、それに鬼助と市左だった。

路地の奥は板塀で鳴海屋の勝手口がある。中は裏庭になっているのが家の造りから想像できる。

「鬼助、市左、斬るのは助造一人、他は断じてならんぞっ」

――ガシャン

言うなり小谷は板戸を蹴破り、

「それっ」

御用提灯がつぎつぎとつづき、

「御用だ！」

「御用、御用！」

突然の打込みに屋内は驚き、寝ていた者は飛び起きたことだろう。

板戸を蹴破る音はおもてにも聞こえた。待っていたように相方の同心が、

——バリバリッ

雨戸を蹴破るなり捕方たちも音を立てて踏み破り一斉に打ち込んだ。

屋内の者に逃げ場はもうない。身に覚えのない奉公人たちもいるはずだ。御用提灯に照らされた恐怖のなかに狼狽《ろうばい》し、六尺棒に押さえ込まれ、反射的に逃げようとする者は同心の長尺十手に打たれ悲鳴を上げる以外にない。

逃走を図る者が二人いた。品川の窩主買と助造だ。あるじの藤五郎と朱鞘の大刀を前に酒杯を口に運び、新たな〝商談〟をしていたところだった。

「いけねえっ」

「逃げろっ」

立ち上がるなり踏み込んで来た捕方たちに匕首《あいくち》を振りまわし、

「おぉおぉ」

捕方たちが一歩退いた間隙を縫って裏庭へ飛び出した。

「来たぞっ」

鬼助と市左が抜き身の脇差を手に待ち構えていた。

「おおぉおぉっ」

足をとめ、追って来た捕方二人の御用提灯の灯りに助造は、前面に立ちはだかる一人がかつて朋輩《ほうばい》の〝喜助〟であることに気づいたようだ。

狼狽した口調で、

「お、おめえはっ。ど、どうしてここにぃ」

二人が中間姿以外のいで立ちで向かい合うのは初めてだ。

「逃がさんぞっ」

品川の窩主買だ。壁際に沿って逃げようとしたのへ、

――キーン

一歩踏み込んだ鬼助がその匕首を叩き落とすと、

「御用だっ」

捕方が御用提灯を持ったまま六尺棒を突き込み、ひるんだところをもう一人が蹴り

上げ、二人がかりで押さえ込んだ。

窩主買の匕首を叩き落とした鬼助の脇差の切っ先は、瞬時に助造に向けられていた。助造はなおも匕首で防ぐ態勢を取ったものの〝喜助〟の剣術の腕を知っている。同時に殺気も感じたか、背を壁にこすりつけ、

「ま、待ってくれ。なぜ、なぜなんだ。ここに、おめえが」

「找したぜ。この脇差は、安兵衛さま餞別のものよ。こう言やあ、俺がどうしてここにいるか分かるだろう」

「ううっ」

助造はうめいた。

「おめえ、あのとき端《はな》から窩主買と結託してやがったかい」

「へん、しようがねえじゃねえか。おめえもそうだったんだぜ。扶持《ふち》なしによう。だ、だから給金の代わりさ。一番金になりそうなものを……」

「盗み出したかい。許せねえっ」

踏み込むなり、

「ぎぇーっ」

匕首では防ぐこともできない。悲鳴とともに血しぶきを上げ崩れ落ちた。

屋内では異変が起きていた。

あるじの藤五郎が窩主買と助造が匕首で捕方たちの気を引きつけた隙を狙い、

「わ、わた、わたしだけのものだあっ」

朱鞘の大刀を胸に抱え込むなり突進するように部屋を駈け抜け、廊下にころがりながら台所に倒れ込み、まだ煮物をしていた竈《かまど》の火の中に投げ込んだ。驚いた小谷は慌てて朱鞘を火の中から取り出そうとしたが、

「渡さん、誰にもっ」

藤五郎はその足に組みつき噛みついた。

捕方たちが六尺棒で打ちすえ引き離した。

その隙に、

「あちちちっ」

小谷は燃えている刀をつかみ出した。

「わっ、わたしのものっ」

常人にはない執念か、藤五郎は押さえ込む六尺棒をはね上げ、

「うおーっ」

吠え声かうめき声か、まだ燃えている朱鞘の大刀に覆いかぶさり、その勢いに中腰

になっていた小谷ははじき飛ばされ、

——カチッ

藤五郎の腹の下に嫌な音を聞いた。刀身が折れたのだ。

「ぐぐっ」

熱さのためか藤五郎は跳ね起き、両手でくすぶる刀をつかみ、ふたたび竈に投げ込んだ。商家の竈でけっこう大きい。

「ううっ」

と、それでも小谷は手を入れ引っぱり出し、捕方が急いで水をぶっかけた。

七

「兄イよう」

「うるせえ」

伝馬町の棲家だ。朝、市左は鬼助を起こそうとしてはねつけられた。

昨夜、田町より帰るなり冷酒をあおったものだった。

まだ寝ている。陽はすっかり昇り、風通しをよくするため市左が雨戸も障子も玄関の腰高障子も開け放している。

「くそーっ」

誰を恨むでもない。夏場で薄い夜着を蒲団代わりにかぶった中に、鬼助はまたうめいた。

昨夜、捕方が水をぶっかけたそこに残ったのは、もう刀でも鞘でもなかった。

「――こ、こんなの、米沢町に持って行けねえ」

思わず鬼助は叫んだ。

小谷同心は手に火傷《やけど》を負い、藤五郎は燃える刀に覆いかぶさったときの火傷と切り傷でうめいていた。

医者が来て小谷同心の手当をし、大事ではないことを確認してから、鬼助と市左は鳴海屋を出たのだった。

屋内では家族に番頭から小僧、女中にいたるまですべてが一部屋に押し込められていた。現場での初期の取調べだ。裏庭で客人が斬り殺されたとあっては、嵩主買も含めすべてが震え上がって神妙になり、小谷と相方の同心は大番屋に引くのは藤五郎と嵩主買の二人だけとし、あとは家族、奉公人ともども奉行所から赦《ゆる》しが出るまで町内預かりとの処置を下した。

その吟味がまだ進んでいるあいだ、鬼助はほとんど無言のまま、捕方から借りた弓張りの御用提灯を手に、市左と伝馬町への歩を取っていた。御用提灯をかざしておれば、深夜でも自身番から誰何《すいか》されることはない。逆に町役《ちょうやく》がご苦労さまですと挨拶に出てくることもある。その御用提灯は、小谷同心のはからいだった。

水音のみとなっている日本橋を過ぎ、磯幸の前を通ったとき、鬼助はぽつりと口を開いた。

「──奈美さんへの報告、あしたにするか」

「──へえ」

と、二人は通り過ぎ、目に入る灯りは自分たちの御用提灯のみとなっているなかに歩を進めたのだった。

そしてけさである。

事態を知りたがっているであろう奈美が、伝馬町に訪《おとな》いを入れたのは午過《ひるす》ぎだった。さすがにこのときは鬼助も起きていた。

居間で二人そろって奈美と対座し、話を聞いて驚いた。昨夜、小谷健一郎も相方の同心も、そのようなことはおくびにも出さなかった。

打込みは田町の鳴海屋だけではなかった。川向うの深川や赤坂、四ツ谷などでも、窩主買やそれと結託したコソ泥、それと知って買いつけていた商家などにも打込みがあったというのだ。詳しい場所や引かれ者となった人数などは分からないが、さすがに日本橋の磯幸で噂の入るのが早い。ほんの十数日前に磯幸は好事家たちに座を貸している。奈美が伝馬町に来たのは、そのためでもあろう。

鬼助は昨夜の帰り寄らなかったことを詫び、岡っ引の千太が呼びに来たところからあるじ藤五郎の異常な行動、同心の火傷まで詳細に話した。奈美は、やはりといった表情になっている。鳴海屋へ正面切って奉行所の手が入ったことで、奈美にというより磯幸にとって、しばらく恐々《きょうきょう》とした日を送らねばならなくなったことは確かだ。

それに、この日も奈美一人で来た。鬼助は話した。助造の成敗である。

「それはようございました」

奈美は淡々と返した。だが、最大の目的であった朱鞘が灰になり刀身に焼きが入って折れたことには顔面蒼白となった。語る鬼助も蒼白になっている。

「して、そのことを安兵衛さまには」

「言え、言えるかい、そんなこと。俺が成敗されらあ」

奈美の問いに、鬼助はなかば反発するように返した。

「なりませぬ」

「な、なに！」

鬼助は奈美を睨みつけた。

奈美は言った。

「朱鞘鑑定の場を設定したのはわたくしです。おまえさまが成敗されるなら、わたくしも一緒に成敗されましょう」

「なんだって！」

「いまからです。さあ、用意なさってくださいまし」

「えぇえ？」

と、これには市左も驚いた。言われるまま鬼助は物置部屋で着替えをした。紺看板に梵天帯の中間姿で、腰には木刀まで差した。

外に出た。

「兄イよう」

と、市左も心配げについてきた。

ひとまず三人は磯幸に向かった。そこで鬼助と市左は奥の部屋でいくらか待たされ、そのあいだに女中が鬼助の髷を整えた。

ふたたび三人は外に出た。奈美は薄紫色の矢羽模様の着物に着替えている。腰元姿だ。懐剣も胸の袷《あわせ》に収めていた。

磯幸の裏手の勝手口だ。町駕籠が一挺呼ばれ、

「奈美さん」

「はい」

女将の忍ぶような声に、奈美は駕籠に乗った。見送りは女将一人だった。理由《わけ》を知るのは、磯幸のなかでもごく限られた者だけのようだ。

駕籠尻が地を離れ、伴走する鬼助と市左は、いずれかの奥女中に従う中間と町人といった風情だった。

一行が両国米沢町に入ったのは、陽がかなり西の空に低くなった時分だった。

「兄イよう」

と、市左はまた情けない声を出し、外で待った。

浪宅には運よく弥兵衛と和佳、安兵衛と幸の四人がそろっていた。

一同は〝喜助〟と奈美がそろって以前の中間姿と腰元姿で来たことに驚き、玄関口から上がるのをためらう〝喜助〟を和佳と幸がうながし、

「さて、両人とも真剣な顔で何用じゃ」

「はい」

と、座敷に畏《かしこ》まって端座する〝喜助〟は、まず名を鬼助に変えたことから話し、

「ほう。古道具を商うには、心を鬼にせねばならぬときもあろうからのう」

と、弥兵衛の言葉がその場をいくらかやわらげたが、鬼助はすぐ真剣な表情に戻り、朱鞘の大刀を紛失したことを自分の責として詫び、それからの経緯を話した。あの日のことについては、

「やはり、助造が」

と、幸も責任を痛感する表情になった。

奈美も話した。戸田局の名が出てきたことに堀部家の面々は懐かしがったが、同時に恐縮の態にもなった。

打込みの段では、町奉行所同心の配慮に安兵衛が感謝の言葉を述べ、

「おまえには、惨《むご》い決断をさせてしもうたのう」

と、真顔《まがお》で鬼助の労をねぎらった。

「で、その役人の火傷はいかがか」

弥兵衛はさらに訊き、重傷ではなさそうなことに安堵の表情をつくった。

話は終わり、あらためて畳に手をつく鬼助と奈美に、

「さあさあ、手を上げなされ。二人とも、そこまでようやってくれました」

和佳がとりなしたのへ安兵衛はうなずき、

「なあに。あのようなもの、あればかえって未練が残る。おまえたち、うまく処理をしてくれた。礼を言うぞ」

「そのとおりじゃ」

つづけた弥兵衛の皺枯れ声が、伏せる二人の頭上にながれた。

ようやくひと息ついたとき、すでに火灯《ひとも》しごろとなっていた。

玄関の板敷きの間まで安兵衛と幸が出て見送ったのには、鬼助も奈美も恐縮の至りを感じたものだった。

外では往還の角で待っていた市左が、

「兄イッ、奈美さんっ」

と、走り寄ってきた。

「ほれ、このとおり、首はちゃんとつながっておるぞ」

鬼助は首に手で音を立て、奈美も緊張の消えた表情になっていることから、市左は屋内でのようすを察した。

奈美は喧騒の両国広小路で鬼助たちと別れ、町駕籠を拾った。磯幸では女将が奈美の帰りをまだかまだかと待っているはずだ。

鬼助と市左は途中、

「おい、ちょいと引っかけていくか」

「そいつはいいや」

と、目についた煮売酒屋に入った。両国広小路の近くとあっては、田町の煮売酒屋と違い構えも大きく、居酒屋とさほど変わりはなかった。

ちょいと引っかけ、

「兄イ、すまねえ！」

市左は言った。現場では一緒に踏み込み、助造に脇差を向けたものの、ただそれだけだった。屋内での異変にもまったく気がつかなかったのだ。

「なあに、市どんだって六尺棒をかいくぐって逃げ出ようとした手代を一人、峰打ちでとっ捕まえたじゃねえか。見ていたぜ」

「へへ、面目ねえ。それだけしかできねえで」

などと話しながら酌み交わしているなかに、となりの縁台から聞こえてきた。昨夜の打込みが話題になっている。さりげなく聞き耳を立てた。江戸市中のあちこちで窩主買やコソ泥、大店のあるじらが大番屋に引かれたらしいことは出ても、朱鞘の話は出てこなかった。

（洩れていない）

鬼助と市左は顔を見合わせた。

しかも噂のなかに、田町の鳴海屋の名はおろかギヤマングラスの浜屋の名も出てこなければ、無宿の窩主買がその場で成敗された話も語られていない。町場には、詳しい内容は伝わっていないようだ。そこにかえって不安が感じられる。

「ながれているのは、かなり大ざっぱなようですぜ」

「そのようだ。あしたにでも、南町にあの旦那を訪ねてみるか」

二人は低く交わした。御用提灯を借りたままで、返しに行く用事も残っている。

八

小谷のほうから迎えが来た。翌日のことだ。

朝の早いうちに、といっても小間物屋のお島が行李を背に出かけたあとだったが、

「おっ、まだいなすったか。よかったあ」

と、千太が伝馬町の棲家に訪ねて来たのだ。御用提灯を取りに来たのなら、かえって迷惑だ。行く口実がなくなる。ともかく市左が玄関の板敷きに出て鬼助もつづき、

その場で問いを入れた。だが千太は、あのあと簞主買とあるじの藤五郎が助造の死体と一緒に茅場町《かやばちょう》の大番屋に引かれたことは応えたが、鳴海屋以外のことは、

「知りやせんよ」

と、なにも聞かされていないようだった。やはり岡っ引といっても、まだまだ使い走りだ。御用提灯についても、

「それは聞いておりやせんが」

と、頼りない。聞いていなくてもこんな大事なものは、どう扱うべきか分かるはずだ。町場に預けっぱなしで盗賊の手に渡りでもすれば、どう悪用されるか知れたものではない。

「いってえ、おめえの用件はなんなんでえ」

「へえ。小谷の旦那《うち》はきょう一日、暇を取っていなすって。それでいまから鬼助さんと市左さんに、八丁堀の組屋敷に来てくれぬか、と」

「だったらそれを最初に言え」

市左は板敷きの上から一喝するように言うとすぐ外出《そとで》の用意にかかり、鬼助ともども無腰の手ぶらで外に出た。二人は部屋でうなずきを交わし、千太をからかうつもりで御用提灯を持たずに出たのだ。

千太はそこに気がついていないようだ。ただ、鳴海屋の裏庭で鬼助が窩主買の匕首を一閃《いっせん》で打ち落とし、さらに一太刀で助造を斬り斃《たお》した場を見ていたか、鬼助に対して畏敬の念を持ったようだ。

伝馬町から八丁堀へ出るには、磯幸の前を通る。日本橋を南へ渡って江戸湾側になる東方向への枝道に入り、掘割の八丁堀を過ぎたところに南北両町奉行所の与力や同心たちの組屋敷がならぶ一画がある。一般に町奉行所の役人を〝八丁堀〟というのはこのためだ。

おとといの夜、かなりの人数が引かれた茅場町の大番屋は八丁堀の北どなりで、組屋敷から近い。引かれ者はここでおよその吟味を受けてから小伝馬町の牢屋敷に送られることになっており、鳴海屋藤五郎もまだ茅場町に留められているはずだ。

八丁堀の組屋敷は、鬼助も市左も初めてだ。武家地といっても白壁ではなく、板塀で門は冠木門といたって質素な造作だ。

「いよう。来たかい」

と、小谷健一郎はくつろいだ単《ひとえ》の姿で玄関まで出てきて、

「ともかく上がれ」

と、庭に面した縁側を手で示した。縁側といっても伝馬町の棲家とは違って広い。

千太も草履を脱いで小谷の背後にまわり、一同は縁側に胡坐を組んだ。小谷の両手に巻かれている白い包帯が痛々しかったが、

「なあに、つかんですぐ離したからそう重傷にはならずにすんだ。こいつのおかげできょう一日暇をもらえたようなものだ。きのうはあちこち奔走しなきゃならず、ちと痛くて難渋したが、きょうはほれ」

と、下働きの婆さんが運んできた盆から、湯飲みを両手でそっと包むように持ったので、鬼助も市左もひと安心できた。

小谷には、鬼助たちの訊きたいことは分かっている。

「やはり鳴海屋藤五郎め、高田馬場の朱鞘が欲しく、浅野家断絶を聞くなり知り合いの窩主買に連絡を取り、そやつが中間の助造につなぎ、それで助造が手引をしたという段取りだった。まったく火事場泥棒とはあいつらのことだ」

小谷は憤慨の口調で語り、

「それにしても、ほとんど瞬時にその手配をして実行に移すなど、大《てえ》したやつらだぜ」

「で、その処理は？」

心配顔で問う鬼助に、

「あはは、最初に言ったろうが。野郎は無宿の窩主買で、刃向かってきたから俺の手の者が斬り殺したと、な。それに朱鞘の大刀はおめえが即座に持って帰らずとも、その場で刀ではなくなってしもうた。だからこの件は最初からなにもなかったことに。俺が火傷を負ったのは、別の品を竈からつかみ出そうとしたからだ。ふふふ、藤五郎とあの窩主買め、ほかにもいろいろ取引していやがったのよ」

と、一件は落着したようだ。

小谷はつづけた。

「おめえら、もう噂にきいているだろう」

「へえ」

市左が胡坐のままひと膝まえにすり出た。

おとといの夜は田町の鳴海屋をはじめ大店四軒、窩主買の塒《ねぐら》二箇所へ同時打込みをかけ、それぞれに成果を上げたという。そこに鬼助は、懸念を抱いている。

小谷は解している。

言った。

「その手配ができたのも、おめえが朱鞘の話を持って来て、好き者どもを尾けるお膳立てまでしてくれたからよ。その舞台になった所は大事《でえじ》にしなくちゃならねえ。だから浜松町のギヤマンの旅籠には手をつけなかったのよ。そういうところが何軒もあらあ。そいつらは、おととい引いた連中の吟味のなかから浮かんだものとして、これからおいおい別途に打込みをかける。そこにはほれ、なんとかといった日本橋の料亭さ、そこにはまったく関係のねえことさ」

やはり日本橋の茶店で磯幸の二階の動きを見張っていたとき、それぞれに尾行がついたようだ。安堵の顔に戻った鬼助に、

「それよりもなあ」

小谷はあらためて視線を据えた。

「朱鞘のことは、まっこと申しわけねえ結末になっちまった。おめえのことだ。もう堀部どのの浪宅には伝えたろう。どうだったい、怒っていたかい」

「いいえ」

気になっていたのだ。だが、鬼助は顔の前で手をひらひらと振り、逆に弥兵衛が小谷の火傷を心配し、そのときの安兵衛の、

「——あのようなもの、あればかえって未練が残る」

との言葉も披露した。

「えっ」

一瞬、小谷の顔に緊張の色が走った。

おもむろに言った。

「俺は弥兵衛どのとも、安兵衛どのとも面識はねえが、そのお方ら、胸中にはいったい何を……」

鬼助はすでに勘付いている。奈美はもとよりそうであろう。

「………」

無言をとおした。

下働きの婆さんが奥から、昼餉《ひるげ》はどうするかと訊きに出てきた。ちょうど太陽が中天にかかろうとしていた。

「いえ。あっしらはこれで」

「兄イ」

と、市左は不満顔だったが、鬼助は腰を浮かした。話がそのさきに及ぶことを恐れたのだ。

小谷は引きとめなかった。

だが、庭に下りかけた喜助と市左に、

「待ちねえ」

言った。

「なんですかい」

鬼助は動きをとめ、ふり返った。

「おめえら、俺の岡っ引にならねえか」

「えっ」

鬼助も市左も瞬時、全身にぶるっと走るものを感じた。

「返事はいまでなくてもいい」

小谷の声を背に、二人は冠木門を出た。それを言うために小谷はこの日、鬼助と市左を八丁堀に呼んだのだ。

日本橋を渡ると二人は磯幸に寄り、奈美に八丁堀での内容を話した。〝岡っ引〟の件は敢えて披露しなかった。奈美には関心のないことだ。

奉行所の措置には、奈美も安堵の表情になり、

「さっそく女将さんに。そう、南部坂のお局さまにも」

弾んだ声で言った。

伝馬町の棲家に戻り、ひと息入れてから市左はさっきから言いたくて、うずうずしていたように口を開いた。

「どうするよ、兄イ。小谷の旦那の話さ。もう幾人か岡っ引を見たが、小谷の旦那には千太一人のようだぜ。頼りねえ。だから俺たちがあの旦那をよう」

「助《す》けるかい」

鬼助は返し、

「それも、ありかもしれねえなあ。ふむ」

自分で自分の返答にうなずき、

「御用提灯、預かったままだしなあ」

部屋の隅に目を向けた。

元禄十四年の皐月《さつき》（五月）は下旬になっている。赤穂藩浅野家断絶という環境の激変からわずか二月《ふたつき》半だ。喜助あらため鬼助の環境は、見倒屋の市左を相方にさらに変わろうとしていた。

時代小説

二見時代小説文庫

朱鞘《あかさや》の大刀《だいとう》　見倒屋鬼助《みたおしやきすけ》事件控《じけんひかえ》1

著者　喜安幸夫《きやすゆきお》

発行所　株式会社 二見書房
東京都千代田区三崎町二-一八-一一
電話　〇三-三五一五-二三一一［営業］
〇三-三五一五-二三一三［編集］
振替　〇〇一七〇-四-二六三九

印刷　株式会社 堀内印刷所
製本　ナショナル製本協同組合

落丁・乱丁本はお取り替えいたします。
定価は、カバーに表示してあります。

ISBN978-4-576-14096-4
http://www.futami.co.jp/

二見時代小説文庫

はぐれ同心 闇裁き 龍之助 江戸草紙
喜安幸夫［著］

時の老中のおとし胤が北町奉行所の同心になった。女壺振りと島帰りを手下に型破りな手法と豪剣で、悪を裁く！ワルも一目置く人情同心が巨悪に挑む新シリーズ

隠れ刃 はぐれ同心 闇裁き2
喜安幸夫［著］

町人には許されぬ仇討ちに人情同心の龍之助が助っ人。敵の武士は松平定信の家臣、尋常の勝負はできない。〝闇の仇討ち〟の秘策とは？大好評シリーズ第2弾

因果の棺桶 はぐれ同心 闇裁き3
喜安幸夫［著］

死期の近い老母が打った一世一代の大芝居が思わぬ魔手を引き寄せた。天下の松平を向こうにまわし龍之助の剣と知略が冴える！大好評シリーズ第3弾

老中の迷走 はぐれ同心 闇裁き4
喜安幸夫［著］

百姓代の命がけの直訴を闇に葬ろうとする松平定信の黒い罠！龍之助が策した手助けの成否は？これぞ町方の心意気、天下の老中を相手に弱きを助けて大活躍！

斬り込み はぐれ同心 闇裁き5
喜安幸夫［著］

時の老中の家臣が水茶屋の妓に入れ揚げ、散財しているという。極秘に妓を〝始末〟するべく、老中一派は龍之助に探索を依頼する。武士の情けから龍之助がとった手段とは？

槍突き無宿 はぐれ同心 闇裁き6
喜安幸夫［著］

江戸の町では、槍突きと辻斬り事件が頻発していた。奇妙なことに物盗りの仕業ではない。町衆の合力を得て、謎を追う同心・鬼頭龍之助が知った哀しい真実！

口封じ　はぐれ同心 闇裁き7
喜安幸夫［著］

大名や旗本までを巻き込む巨大な抜荷事件の探索を続ける同心・鬼頭龍之助は、自らの〝正体〟に迫り来る影の存在に気づくが……東海道に血の雨が降る！　第7弾

強請《ゆすり》の代償　はぐれ同心 闇裁き8
喜安幸夫［著］

悪徳牢屋同心による卑劣きわまる強請事件。被害者かと思われた商家の妾には哀しくもしたたかな女の計算が。悪いのは女、それとも男？　同心鬼頭龍之助の裁きは⁉

追われ者　はぐれ同心 闇裁き9
喜安幸夫［著］

夜鷹が一刀で斬殺され、次は若い酌婦が犠牲に。犯人の真の標的とは？　龍之助はその手口から、七年前に起きたある事件に解決の糸口を見出すが……第9弾

さむらい博徒　はぐれ同心 闇裁き10
喜安幸夫［著］

老中・松平定信の下知で奉行所が禁制の賭博取締りをかけるが、逃げられてばかり。松平家に内通者が？　おりしも上がった土左衛門は、松平家の横目付だった！

許せぬ所業　はぐれ同心 闇裁き11
喜安幸夫［著］

松平定信の改革で枕絵や好色本禁止のお触れが出た。お触れの出る時期を前もって誰かに洩らしたやつがいる！　龍之助は張本人を探るうちに迫りくる宿敵の影を知る！

最後の戦い　はぐれ同心 闇裁き12
喜安幸夫［著］

松平定信による相次ぐ厳しいご法度に江戸は〝一揆〟寸前！　北町奉行所同心・鬼頭龍之助は、宿敵・定信に引導を渡すべく、最後の戦いに踏み込む！　シリーズ、完結！

居眠り同心 影御用 源之助 人助け帖
早見俊［著］

凄腕の筆頭同心がひょんなことで閑職に……。暇で暇で死にそうな日々に、さる大名家の江戸留守居から極秘の影御用が舞い込んだ！ 新シリーズ、第１弾！

朝顔の姫 居眠り同心 影御用２
早見俊［著］

元筆頭同心に御台所様御用人の旗本から息女美玖姫探索の依頼。時を同じくして八丁堀同心の不審死が告げられた。左遷された凄腕同心の意地と人情。第２弾！

与力の娘 居眠り同心 影御用３
早見俊［著］

吟味方与力の一人娘が役者絵から抜け出たような徒組頭次男坊に懸想した。与力の跡を継ぐ婿候補の身上を探れ！「居眠り番」蔵間源之助に極秘の影御用が…！

犬侍の嫁 居眠り同心 影御用４
早見俊［著］

弘前藩御馬廻り三百石まで出世した、かつての竜虎と謳われた剣友が、妻を離縁して江戸へ出奔。同じ頃、弘前藩御納戸頭の斬殺体が、柳森稲荷で発見された！

草笛が啼《な》く 居眠り同心 影御用５
早見俊［著］

両替商と老中の裏を探れ！北町奉行直々の密命に居眠り同心の目が覚めた！同じ頃、母を老中の側室にされた少年が江戸に出て…。大人気シリーズ第５弾

同心の妹 居眠り同心 影御用６
早見俊［著］

兄妹二人で生きてきた南町の若き豪腕同心が濡れ衣の罠に嵌まった。この身に代えても兄の無実を晴らしたい！血を吐くような娘の想いに居眠り番の血がたぎる！

殿さまの貌《かお》 居眠り同心 影御用7
早見俊［著］

逆袈裟魔《ぎゃくげさま》出没の江戸で八万五千石の大名が行方知れずとなった！元筆頭同心で今は居眠り番と揶揄される源之助のもとに、ふたつの奇妙な影御用が舞い込んだ！

信念の人 居眠り同心 影御用8
早見俊［著］

元筆頭同心の蔵間源之助に北町奉行と与力から別々に二股の影御用が舞い込んだ。老中も巻き込む阿片事件！同心の誇りを貫き通せるか。大人気シリーズ第8弾

惑《まど》いの剣 居眠り同心 影御用9
早見俊［著］

元筆頭同心で今は居眠り番、蔵間源之助と岡っ引京次が場末の酒場で助けた男は、大奥出入りの高名な絵師だった。これが事件の発端となり…。シリーズ第9弾

青嵐《せいらん》を斬る 居眠り同心 影御用10
早見俊［著］

暇をもてあます源之助が釣りをしていると、暴れ馬に乗った瀕死の武士が…。信濃木曽十万石の名門大名家に届けてほしいと書状を託された源之助は……。

風神狩り 居眠り同心 影御用11
早見俊［著］

源之助の一人息子で同心見習いの源太郎が夜鷹殺しの現場で捕縛された。濡れ衣だと言う源太郎。折しも街道筋を盗賊「風神の喜代四郎」一味が跋扈していた！

嵐の予兆 居眠り同心 影御用12
早見俊［著］

居眠り同心の息子源太郎は大盗賊「極楽坊主の妙蓮」を護送する大任で雪の箱根へ。父の源之助には妙蓮絡みで奇妙な影御用が舞い込んだ。同心父子に迫る危機！

七福神斬り 居眠り同心 影御用13
早見俊［著］

元普請奉行が殺害され亡骸には奇妙な細工！ 向島七福神巡りの名所で連続する不思議な殺人事件。父源之助と新任同心の息子源太郎による「親子御用」が始まった。

名門斬り 居眠り同心 影御用14
早見俊［著］

身を持ち崩した名門旗本の御曹司を連れ戻す単純な依頼に、一筋縄ではいかぬ深い陰謀が秘められていた。事態は思わぬ展開へ！ 同心父子にも危険が迫る！

人生の一椀 小料理のどか屋 人情帖1
倉阪鬼一郎［著］

もう武士に未練はない。一介の料理人として生きる。一椀、一膳が人のさだめを変えることもある。剣を包丁に持ち替えた市井の料理人の心意気、新シリーズ！

倖せの一膳 小料理のどか屋 人情帖2
倉阪鬼一郎［著］

元は武家だが、わけあって刀を捨て、包丁に持ち替えた時吉の「のどか屋」に持ちこまれた難題とは…。心をほっこり暖める時吉とおちよの小料理。感動の第2弾

結び豆腐 小料理のどか屋 人情帖3
倉阪鬼一郎［著］

天下一品の味を誇る長屋の豆腐屋の主が病で倒れた。このままでは店は潰れる。のどか屋の時吉と常連客は起死回生の策で立ち上がる。表題作の外に三編を収録

手毬寿司 小料理のどか屋 人情帖4
倉阪鬼一郎［著］

江戸の町に強風が吹き荒れるなか上がった火の手。店を失った時吉とおちよは無料炊き出し屋台を引いて復興への一歩を踏み出した。苦しいときこそ人の情が心にしみる！

二見時代小説文庫

雪花菜飯《きらずめし》 小料理のどか屋 人情帖5
倉阪鬼一郎［著］

大火の後、神田岩本町に新たな店を開くことができた時吉とおちよ。だが同じ町内にけれん料理の黄金屋金多が店開きし、意趣返しに「のどか屋」を潰しにかかり…

面影汁 小料理のどか屋 人情帖6
倉阪鬼一郎［著］

江戸城の将軍家斉から出張料理の依頼！ 隠密・安東満三郎の案内で時吉は江戸城へ。家斉公には喜ばれたものの、知ってはならぬ秘密の会話を耳にしてしまった故に…

命のたれ 小料理のどか屋 人情帖7
倉阪鬼一郎［著］

とうてい信じられない世にも不思議な異変が起きてしまった！ 思わず胸があつくなる！ 時を超えて伝えられる命のたれの秘密とは？ 感動の人気シリーズ第7弾

夢のれん 小料理のどか屋 人情帖8
倉阪鬼一郎［著］

大火で両親と店を失った若者が時吉の弟子に。皆の暖かい励ましで「初心の屋台」で街に出たが、事件に巻きこまれた！ 団子と包玉子を求める剣呑な侍の正体は？

味の船 小料理のどか屋 人情帖9
倉阪鬼一郎［著］

もと侍の料理人時吉のもとに同郷の藩士が顔を見せて相談事があるという。遠い国許で闘病中の藩主に、もう一度江戸の料理を食していただきたいというのである。

希望粥《のぞみ》 小料理のどか屋 人情帖10
倉阪鬼一郎［著］

神田多町の大火で焼け出された人々に、時吉とおちよの救け屋台が温かい椀を出していた。折しも江戸では男児ばかりが行方不明になるという事件が連続しており…。

心あかり　小料理のどか屋 人情帖11
倉阪鬼一郎［著］

「のどか屋」に凄腕の料理人が舞い込んだ。二十年前に修行の旅に出たが、愛娘と恋女房への想いは深まるばかり。今さら会えぬと強がりを言っていたのだが…。

与力・仏《ほとけ》の重蔵　情けの剣
藤水名子［著］

続いて見つかった惨殺死体の身元はかつての盗賊一味だった…。鬼より怖い凄腕与力がなぜ〝仏〟と呼ばれる？　男の生き様の極北、時代小説に新たなヒーロー！　新シリーズ！

密偵《いぬ》がいる　与力・仏の重蔵2
藤水名子［著］

相次ぐ町娘の失踪…かどわかしか駆け落ちか？　手がかりもなく、手詰まりに焦る重蔵の、乾坤一擲の勝負の一手！　〝仏〟と呼ばれる与力の、悪を決して許さぬ戦い！

公事宿《くじやど》 裏始末　火車《かしゃ》廻る
氷月葵［著］

理不尽に父母の命を断たれ、名を変え江戸に逃れた若き剣士は、庶民の訴証を扱う公事宿で絶望の淵から浮かび上がる。人として生きるために……。新シリーズ！

公事宿 裏始末2　気炎立つ
氷月葵［著］

江戸の公事宿で、悪を挫き庶民を救う手助けをすることになった数馬。そんな折、金持ちしか相手にせぬ悪名高い四枚肩の医者にからむ公事が舞い込んで……。

公事宿 裏始末3　濡れ衣奉行
氷月葵［著］

材木石奉行の一人娘・綾音は、父の冤罪を晴らさんと、公事師らと立ち上がる。牢内の父からの極秘の伝言は、濡れ衣を晴らす鍵なのか⁉　大好評シリーズ第３弾！